Talmud

내 인생을 변화시키는

지혜의 탈무드

최송림 엮음

지식서관

머리말

탈무드는 이스라엘 사람, 즉 유태인의 경전이다.

이스라엘 사람들의 생활과 교육을 일깨워 주는 지침서인 탈무드는 '위대한 연구' 또는 위대한 학문이라는 뜻을 담고 있다.

탈무드는 총 20여 권, 1만 2천 쪽에 이르는 방대한 분량이다. 그 속에서 유태인의 율법 · 사상 · 종교 · 학문 · 전통이 빠짐없이 기록되어 있는데, 온갖 지혜로운 교훈이 가득하다.

그래서 유태인들은 이 탈무드를 가리켜 '바다'라고도 부른다. 탈무드의 해박한 내용이 바다처럼 깊고 넓어서 이 세상의 모든 지혜가 다 들어 있기 때문이다.

유태인들은 온갖 어려움 속에서도 그들이 스승으로 섬기는 랍비를 중심으로 굳게 뭉쳐서 유태인의 전통을 지키며 탈무드를 공부해 왔다.

유태인들은 탈무드를 배우는 시간을 가장 소중한 시간으로 여긴다고 한다. 5천 년 역사 속에서 거의 2천 년을 나라 없이 살아온 유태인들이, 이스라엘이라는 나라를 세

울 수 있었던 그 힘도 탈무드의 가르침 덕분이라고 할 수 있다.

탈무드의 원래 형식은, 랍비와 랍비를 찾아온 사람들의 질문과 대답으로 되어 있는데, 이것이 말과 말로 전해져 내려오며 정리된 것이다.

이 책에서는 탈무드의 많은 내용 중에서 교훈이 되는 재미있고 쉬운 내용만을 가려 묶었다. 여기 나오는 60여 편의 이야기는 그냥 유태인의 이야기지 금언이나 속담이 아니다. 그러나 즐겁게 읽어 나가노라면, 갖가지 재치와 교훈이 여러분의 지혜의 방을 넓혀 줄 것이다.

엮은이 최 송 림

탈무드 차례

불행한 일을 당한 그 순간에는 더없이 나쁜 일인 듯 여겨지지만, 시간이 지난 후 돌이켜 보면, 그 불행한 일이 도리어 복을 가져다 준 것을 깨닫게 되는 일이 있다.
그러므로 모든 일을 좀더 침착하게 생각해 보는 태도를 길러야겠다.

050 · 명예보다 소중한 것

지위나 신분이 높은 사람들은 자신의 권위(權威)를 지키기 위해 애를 쓴다. 행동에 품위(品位)를 지키려고 애쓰는 이유도 바로 그 때문이다.
한 가정의 행복을 위하여 자기의 체면이 깎일 일을 하는 데는 큰 용기가 필요하다. 가정의 소중함을 아는 사람만이 할 수 있는 진정한 용기일 것이다.

056 · 우애 깊은 형제

초등학교 교과서에도 나오는 유명한 이야기이다.
우리나라에서도 요즈음에는 자식을 많이 낳지 않아서 그런지 형제의 우애(友愛)가 무엇인지 잘 모르는 아이들이 많이 있다고 한다.
형제는 부모와 마찬가지로 피를 나눈 사이로서 어려울 때에 서로 돕고 위로해 줄 수 있는 진정한 벗이다. 그런 형제는 하나님이 자신에게 주는 최고의 선물이자 축복(祝福)인 것이다. 형제가 많은 사람들이야말로 이 세상에서 가장 행복한 부자이다.

069 · 부자가 되는 비결

세계의 경제(經濟)를 유태인이 움직인다는 말이 있을 만큼, 유태인들 중에는 세계적인 큰 부자가 많다. 5천 년의 역사 중 2천 년을 나라 잃은 백성으로 떠돌면서 어떻게 해서 그런 부자가 많이 생겼는지 궁금하지 않을 수 없다.
그 비결은 언제나 검소(儉素)한 태도로 살아 온 것에 있다. 저축을 많이 하고 아무리 수입이 많아도 늘 절약하면서 살아 왔기 때문이다. 그들은 돈을 함부로 낭비하는 것을 죄악이라고 생각한다.
그렇기 때문에 좋은 일에 기부를 한다든가 하는 특별한 목적이 없이는 함부로 돈을 낭비하지 않는다. 또 그래서 유태인이 세계 제일의 구두쇠라고 소문이 났는지도 모를 일이다.

075 · 알렉산더 대왕이 원하는 것

이 이야기는 유태인들의 습관(習慣)과 신용(信用)을 말하고 있다. 그들은 계약하기는 어렵지만 한번 계약하면 틀림없이 약속을 지킨다는 철저한 신용으로 살아가기 때문에 유태인 중에는 세계적인 부자가 참 많다.

083 · 거미와 모기에게서도

탈무드에 실린 이 이야기는 세상에 있는 그 무엇이든간에 쓸모없는 것은 없다는 것을 강조하고 있다.
아무리 하찮은 것이라 해도 소홀히 취급하지 않는다면 언젠가는 그 하찮은 것이 큰 도움을 줄 수도 있다는 것이다.

089 · "네."와 "아니오."

아무리 인격(人格)이 뛰어난 훌륭한 랍비라고 해도 스스로 돌이켜볼 때 부족한 부분은 있었다는 이야기이다.
이 이야기를 통해 사람은 완전한 삶을 살 수는 없다는 것을 알 수 있다. 오늘 나의 부족한 점은 어떤 게 있을까? 부족한 부분을 날마다 다듬어 나간다면 보다 훌륭한 사람이 될 수 있을 것이다.

093 · 진실과 거짓

유태인들은 일의 시비(是非)가 붙었을 때, 랍비에게 찾아와서 재판을 요구한다. 그러면 랍비는 모든 이야기를 차분히 다 듣고 나서 진실과 거짓을 가려 내어 재판을 하게 된다.
솔로몬 왕은 어떻게 이처럼 지혜로운 판결을 내릴 수 있었을까? 그것은 유태인의 오랜 관습(慣習) 덕분이었다.
유태인들은 소유자를 가려 낼 수 없을 때에는 그 물건을 반씩 나누어 갖는 관습이 있었다.

101 · 머리와 꼬리

눈이 하는 일, 입이 하는 일, 손과 발이 하는 일은 각각 다르다. 그걸 깨닫지 못하고 어리석은 고집만 피우면, 결국 모두 다 위험에 빠지게 되고 만다.
어떤 일을 하든 올바른 지도자가 필요하며, 어리석은 지도자를 만나게 되면 모두 다 불행해진다. 그러므로 지혜롭게 판단(判斷)하는 힘을 길러야겠다.

109 · 금화 6천 개와도 바꿀 수 없는 것

효도(孝道)라는 덕목은 전세계 어느 민족에게 있어서나 공통된 것이다.
큰 부자가 될 수 있는데도 불구하고 주무시는 아버지를 깨우지 않은 사나이의 마음씨, 이것이 바로 부모님에 대한 참된 효도이다.
시대가 바뀌어서 효도하는 방법에는 조금씩 차이가 있지만, 위하고 받드는 애틋한 마음은 영원히 변하지 않을 것이다.

115 · 당나귀와 다이아몬드

정직한 유태인을 통해 그가 믿는 하나님이 영광을 받게 되는 것을 보게 된다. 신앙적(信仰的)인 교리가 훌륭해서라기보다도, 그 신앙을 지닌 사람들의 살아가는 모습이 아름답고 훌륭해서 빛이 나는 경우가 많이 있다.
그러므로 진정한 신앙인이라면 자기의 삶의 모습을 진지하게 검토하고 점검해 봐야 한다.

121 · 가장 소중한 재산

세상에서 이름을 떨치던 큰 부자도 사업에 실패하면 하루 아침에 빚더미 위에 앉아 거지가 되고 만다. 그러나 지식은 그 누구에게도 결코 빼앗기는 일 없이 안전한 재산이다.
그렇기 때문에 잃어버릴 수 있는 재물보다는 잃어버리지 않는 지식을 쌓아 주는 교육(教育)이야말로 이 세상에서 가장 값진 투자이다.

130 · 랍비 히레르

훌륭한 사람들은 대부분 자기 마음을 잘 다스린다. 함부로 화를 내지도 않고, 성급히 행동하고 나서 후회하지도 않는다.
번거롭고 짜증이 날 만한 일에도 쉽게 짜증을 내지 않는 사람은 자기의 마음을 잘 다스린다고 할 수 있다.
기쁘고 슬픈 것은 모든 사람의 마음의 작용(作用)이다. 마음을 잘 다스리면 누구나 참기쁨을 누릴 수가 있게 된다.

137 · 하나님이 맡긴 보석

부모에게 있어서 가장 슬픈 일은 자식의 죽음을 보는 것이다. 만일 랍비의 아내가 슬픔을 못 이겨 통곡하면서 울부짖었다면 랍비의 마음은 어땠을까?
지도자로서의 위치를 잃어버린 채 괴로움으로 방황했을지도 모른다. 슬기로운 아내 덕분에 랍비는 자식들의 죽음을 담담히 받아들일 수 있었다.
말은 이처럼 사람의 마음을 움직이는 큰 힘을 가지고 있다.

140 · 누구의 힘이 강한가?

칼은 잘 사용하면 음식을 요리하거나, 고기를 자르는 데 쓰는 유익한 도구(道具)가 되지만, 주의해서 다루지 않고 마구 휘두르면 다치거나 다른 사람에게 상처를 입히게 된다.
탈무드는 사람의 혀를 칼에 비유하고 있다.
혀를 가볍게 놀려서 함부로 말을 말을 하다가는, 큰 봉변을 당하게 된다는 것을 명심(銘心)해야겠다.

149 · 말없는 대화

이심전심(以心傳心)이라는 말이 있다. 말하지 않아도 서로의 마음을 알아차린다는 뜻이다. 아주 친밀한 사람간에는 말이나 글이 아닌 눈빛만으로도 자신의 마음을 전할 수 있다.
라디오 방송국의 스튜디오에서는 소리를 내면 안 되게 되어 있다. 연출자는 소리 없는 신호로 진행자와 의견을 나누며 방송을 진행해 나간다.
말이 없어도 마음이 통하는 친구(親舊)가 있다면 참 든든하겠다!

154 · 사람마다 능력이 다르니까

사람의 능력(能力)은 각기 다르다. 하루에 두 시간밖에 일을 못하는 허약한 사람이 있는 반면에 하루에 열다섯 시간씩 일을 해도 끄떡없는 건강한 사람도 있다.
그러므로 누가 더 오래 살았느냐가 중요한 것이 아니라, 누가 무슨 일을 어떻게 하면서 살았는가가 더욱 중요하다.

157 · 재판과 자백

유태인의 율법에는 자기에게 불리한 증언을 하는 것은 무효(無效)로 보게 되어 있다. 왜냐 하면 대부분의 자백은 강압적인 고문에 의해 이루어질 때가 많기 때문이다.
그래서 지금도 이스라엘에서는 증거나 증인이 없는 자백만으로는 벌을 주지 않는다. 확실한 증거(證據)가 있을 때에만 벌을 내린다.

163 · 마술 사과

자기를 바쳐 돕는 것을 헌신이라고 한다. 진정한 도움은 헌신(獻身)하는 데서 나온다.
탈무드에는 '남을 도울 때에는 모든 것을 아낌없이 바치는 것이 가장 귀중하다.' 고 되어 있다.

170 · 이득과 손실

악인에게 벌을 준다고 해서 착한 사람들에게 무슨 이익이 있을까?
그러므로 악인(惡人)들에게 벌을 주기보다는 그들이 잘못을 뉘우치고 선한 사람이 되도록 힘쓰는 일이 더 바람직하다.

174 · 갈비뼈와 여자

궁지에 몰아 넣으려고 한 일에서 재치 있게 빠져 나오는 비결(秘訣)도 바로 지혜에 있다.
지혜는 이렇듯 언제 닥칠지 모르는 여러 가지 위험으로부터 지켜 주는 훌륭한 방패의 역할을 해낸다.
그러므로 지혜를 가진 사람은 수억의 재물(財物)을 가진 사람보다도 더 안전하다고 할 수 있다.

179 · 일부러 기다렸다가

형벌(刑罰)을 두려워하지 않는 진정한 용기를 보여 주는 이야기이다.
신앙인에게는 세상의 권력은 두려운 것이 못 된다. 진정한 신앙인이 두려워하는 분은 오직 그들이 섬기는 하나님뿐이기 때문이다.
달면 삼키고 쓰면 뱉는 태도는 신앙을 가진 사람의 태도가 아니다. 작은 이익을 위해서 이리저리 옮겨 다니는 일도 옳지 않다.

183 · 하나님의 뜻이라면

살아가다 보면, 사람의 힘으로 되지 않는 일이 있다. 억지로 막으려고 하지 말고 순리대로 풀어나가면 더 쉽게 해결이 된다.
엉킨 실타래를 푸는 방법도 그렇다. 무리해서 빨리 풀려다 보면 도저히 풀 수 없게 되는 수도 있다. 그러므로 항상 차분하고 긍정적(肯定的)인 마음으로 생활해 나가는 태도가 필요하다.

191 · 태양조차 못 보면서

'우물 안 개구리' 라는 말을 들어 보았는가? 자기의 보잘것 없는 짧은 소견으로 우쭐거리는 것을 빗댄 말이다.
지식이 조금 있다고 해서 교만하게 군다는 것은 참으로 어리석은 일이다. 광활한 우주 속의 미미한 인간의 존재(存在)를 생각해 보고 겸손한 마음 가짐을 가져야겠다.

194 · 영원한 생명

먹을 것이 없는 사람들에게 먹을 것을 주고, 입을 것이 없는 사람들에게 입을 것을 주는 것은 착한 일이다. 그러나 이것 못지않게 귀한 일이 있다.
눈에 보이는 물질로 봉사(奉仕)하는 것은 아니지만 따뜻한 마음씨가 그것이다.
낙심한 사람에게 상냥하게 위로해 주며 힘을 주고, 슬픔에 잠긴 사람들에게 따뜻한 사랑의 말 한 마디는 재물보다도 더 큰 효과를 가져온다.

200 · 묘목을 심는 뜻

눈앞에 보이는 작은 이익보다도 먼 앞날을 생각하는 교훈이 담긴 이야기이다. 자기 자신의 수고와 땀방울로 후손들이 행복을 맛볼 수 있기를 원하는 마음, 얼마나 귀한지 모른다.
우리가 살고 있는 지구를 아름답고 깨끗하게 지키려는 노력 역시, 우리 후손들에게 살기 좋은 생활 환경(環境)을 물려주고 싶은 아름다운 마음이다.

204 · 무슨 참견입니까?

이 세상은 혼자서 살아갈 수 없다. 모든 사람이 함께 서로 돕고 살아가게 되어 있다. 그러므로 자기의 이익만을 생각하고 멋대로 행동하면 많은 사람들에게 큰 피해를 주게 된다.
더불어 사는 사회(社會)라는 것을 생각하고, 늘 이웃을 생각하는 넉넉한 마음을 가져야겠다.

207 · 랍비 아키바의 학문사랑

교육의 소중함을 랍비 아키바는 잘 알고 있었다. '아는 것이 힘' 이라는 말처럼 한 민족의 고유한 전통(傳統)과 교육은 반드시 지켜져야 하는 것이다.
우리 나라에도 세계에서 가장 우수한 한글이라는 우리말이 있다. 우리 민족의 얼이 담긴 한글을 아끼고 사랑하며 발전시켜 나가는 것도 중요한 나라 사랑의 귀한 일이 된다.

219 · 아버지의 깊은 배려

아버지의 아들에 대한 깊은 배려(配慮)가 느껴지는 감동적인 이야기이다. 아직은 어려서 재산을 지킬 수 없는 아들을 위한 아버지의 사랑을 느낄 수 있다.
아무리 위급한 상황에 처해서도 지혜롭게 행동하면 좋은 결과를 가져오게 된다.

227 · 담는 그릇이 다르기 때문에

사람은 눈에 보이는 외모(外貌)만 보고 평가할 수는 없다. 얼굴이 잘생기고 좋은 옷을 입었다고 해서 그 사람의 인품이 훌륭한 것은 아니다.
자신의 겉모습만을 내세우며 으스대고 잘난 체하는 사람일수록 속이 텅 비고 보잘것 없는 경우가 많이 있다. 그래서 유태인들의 격언에는 이런 말이 있다.
'항아리 속에 동전이 하나만 있을 때는 시끄러운 소리를 내지만, 동전이 가득 찬 항아리는 시끄러운 소리를 내지 않는다.'
우리말에도 이런 말이 있다. '벼는 익으면 익을수록 고개를 숙인다.'

231 · 장님과 등불

사람에게는 위험을 보면 즉시 피해 갈 수 있는 눈이 있다. 그런데 장님은 볼 수가 없으니 그럴 수가 없다. 그래서 지혜로운 장님은 스스로를 지킬 수 있는 방법을 궁리했다.
자신이 직접 보고 위험을 피할 수 없을 때, 상대방에게 자신의 신분을 눈에 잘 띄게 함으로써 위험에서 벗어나야겠다는 생각이 그것이다.
지혜는 자기는 물론이고 다른 사람들에게도 유익(有益)을 준다.

234 · 세 가지의 지혜

지혜가 소중함을 깨우쳐 주는 이야기이다.
지혜는 사람이 어려운 일을 당했을 때 그 어려움을 극복할 수 있는 힘을 준다.
또 가난한 사람을 부자로도 만들어 주며, 보잘것 없는 위치의 사람에게 높은 직위나 명예(名譽)를 가져다 주기도 한다.
그러나 지혜는 돈으로 살 수 있는 것이 아니다. 지혜를 얻기 위해 꾸준히 생각하고 노력하는 사람에게만 지혜의 샘은 솟아나기 때문이다.

246 · 날개를 사용할 줄 모르는 새

날개를 가지고도 날 수 없는 새의 이야기는 우리에게 큰 교훈을 준다.
귀한 것을 갖고도 그 값어치를 제대로 몰라 그대로 묵혀 두는 경우도 많이 있다.
우리는 날개가 될 수 있는 귀한 재능(才能)이나 소질(素質)을 제대로 활용하지 못한 채 무거운 짐처럼 질질 끌고 있지나 않은지 생각해 봐야겠다.

셈이 밝은 유태인

부유한 중국인 무역 상인이 있었다.
그는 세계 여러 나라를 다니며 장사를 하면서 곳곳에
훌륭한 친구들을 사귀어 두었다.
그러나 아무리 재산이 많고 유명한 사람이라 해도
죽음을 피할 수는 없는 법이다.
중국인 상인도 마침내 죽을 때가 되었다.
그래서 이 상인은 유언을 썼는데, 그 내용은 다음과
같았다.

"친애하는 나의 친구들이여! 내가 죽거든
내 관 속에 10달러씩만 넣어 주시오."

마침내 중국인 상인이 죽었다.
그러자 세계 각국에 있는 많은 그의 친구들이 찾아왔다.

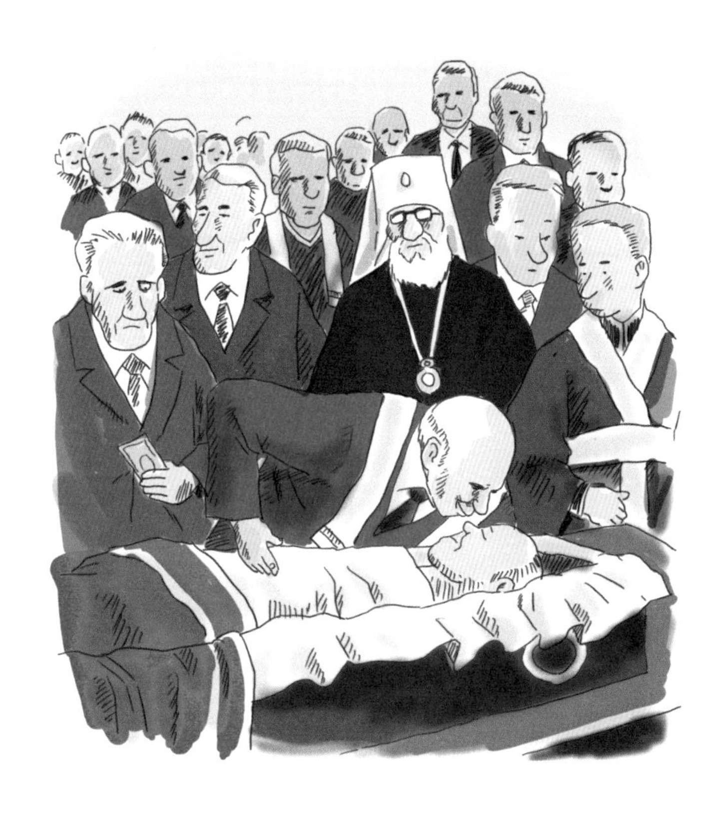

"오, 참으로 안타까운 일이오.
진심으로 고인의 명복을 빕니다."

가장 먼저 도착한 미국인 친구는 그의 유언에 따라
10달러짜리 현금을 관 속에 넣었다.

"나는 현금을 가지고 다니지 않는
습관 때문에 수표로 넣겠소이다."

영국인 친구는 10달러짜리 수표를 끊어서,
애도를 표하며 관 속에 넣었다.
다음은 유태인 친구의 차례였다.
유태인 친구는 미국인 친구와 영국인 친구가
하는 모습을 보더니, 주머니 속에서 천천히
수표책을 꺼냈다. 그리고 수표에 20달러라는 금액을
적어 넣었다.

"흠, 마침 10달러짜리 현금이 있군요.
계산은 정확해야 하니까 제가 10달러를
현금으로 거슬러 가겠습니다."

유태인 친구는 자신의 20달러짜리 수표를 관 속에 넣은 다음, 미국인 친구가 관 속에 넣었던 10달러짜리 현금을 거슬러 갔다.

....

이 이야기는 유태인이 얼마나 실리(實利)를 챙기는가를 보여 준다. 무덤 속에 현금 10달러짜리가 들어 있다면, 그 돈은 죽은 돈이 되어 살아서 좋은 데에 쓰여져야 할 돈이 죽은 사람과 함께 무덤 속에 묻혀 버린다면 아까운 일이다.
유태인은 그런 것까지 꼼꼼히 따져서 죽은 돈을 살리는 지혜를 보여 주고 있다.
허례허식보다도 중요한 것이 실리라는 것을 모르는 사람은 없을 것이다.

하늘을 나는 말

옛날 어떤 궁궐에 어릿광대가 있었다.
그 어릿광대의 임무는 임금님을 즐겁게 해 드리는
것이었다.
그런데, 어느 날부터인가 임금님은 그 어릿광대가
하는 짓에 싫증이 났다. 자기를 조금도 즐겁게 해 주지
못하는 사나이를 보는 것이 날이 갈수록 짜증스럽기만 했다.
마침내 어느 날, 임금님은 부하에게 명령을 내렸다.

"여봐랏! 이놈을 당장 사형에 처하렷다!"

사나이는 그 자리에서 사형 선고를 받았다.
얼굴이 파랗게 질린 사나이가 임금님 앞에
넙죽 꿇어 엎드렸다.

"임금님, 잘못했습니다. 제발 목숨만은
살려 주십시오, 네?"

그러나 임금님의 마음은 변하지 않았다.

"어허, 안 된다. 자기의 임무를 다하지
못한 놈은 결코 살려 둘 수 없느니라!"

"지금부터 열심히 연구해서 꼭 임금님을
즐겁게 해 드리겠습니다."

"소용없다! 이놈을 끌고 나가랏!"

사나이는 임금님의 마음을 돌리기가 어렵겠다고
생각했다. 그러나 하는 데까지는 해 봐야겠다는
생각이 들어서, 사나이는 다시 임금님에게 애원하기
시작했다.

"잠깐만요, 임금님! 그렇다면 제게 1년의 시간
여유만 주십시오. 그러면 제가 임금님께서 가장

아끼는 말에게 하늘을 날 수 있는 놀라운
기술을 가르쳐 보겠습니다."

"뭐? 말에게 하늘을 날 수 있는 기술을?"

"네, 저 푸른 하늘을 말이 펄펄 날도록
만들어 보겠습니다."

"그 말이 진실이렷다!"

"물론입니다. 사실이 아닐 경우, 그 자리에서
저를 죽이셔도 좋습니다."

"흐음, 그래?"

임금님은 사나이의 말에 귀가 솔깃해졌다.
임금님의 표정이 누그러지는 것을 본 사나이는
자신 있는 목소리로 임금님께 거듭 말했다.

"그러니, 1년만 시간을 주십시오."

임금님은 잠시 생각해 보더니 사나이에게 물었다.

"좋다! 거참, 재밌겠구나. 그런데 이건 알고 있거라.
딱 1년이 지난 후에도 말이 날지 못한다면
넌 당장 사형이다. 그걸 각오해야 한다."

"아, 그럼요, 임금님. 뜻대로 하십시오."

"좋아, 그럼 너에게 1년의 시간을 주겠다."

마침내 임금님의 화가 풀려 사형시키고야 말겠다는
마음을 돌렸다.

"더도 말고 덜도 말고 딱 1년뿐이다. 그 때까지
내 말에게 하늘을 날 수 있는 기술을 가르치도록 해라.
네 말대로 정말 내 말이 하늘을 날게 된다면 널 살려
주겠다. 그러나 1년 후에도 말이 하늘을 날지 못한다면
네겐 죽음이 있을 뿐이다."

"네, 잘 알겠습니다."

사나이는 임금님 앞에서 물러나왔다.
온 몸에서 식은땀이 주루룩 흘러내렸다.
소식을 듣고 걱정이 된 사나이의 친구들이
사나이의 주위로 몰려들었다.

"이보게, 아무리 상황이 급박하기로
그런 터무니 없는 말을 함부로 하면 어떡하나?"

"세상에, 어떻게 말이 하늘을 난단 말인가? 응?"

"그 자리만은 피해 보려고 해도 그렇지!
임금님을 속인 죄는 더 크다는 걸 모르는가?"

"자넨 1년이란 시간이 얼마나
빨리 지나가는지 모른단 말인가?"

친구들의 말을 조용히 듣고 있던 사나이가
빙그레 웃으며 말했다.

"그래, 걱정해 줘서 고마우이.

그래도 지금 당장 죽지 않은 게 어딘가?
생각해 보게. 자네들의 말대로 1년이란
시간이 짧다면 짧지만 길다면 한없이 길기도 한
시간이네. 혹시 이 1년 안에 임금님이 돌아가실지도
모르잖은가? 아니면 혹시 그 사이에 내가 죽을지도
모르지. 아니, 어쩌면 그 안에 말이 병이 나서 죽을지도
몰라. 1년 안에 무슨 일이 일어날지 어느 누가
안단 말인가? 그리고 또 모르지! 이런 나를 하나님이
불쌍히 여기셔서, 혹시 1년이 지나 말에게 정말 하늘을
날게 해 주실지도 모르지 않는가? 하하하!"

....

이 이야기는, 사람은 어떠한 어려움에 처해서도 헤쳐 나갈 수 있다는 낙관적인 생각을 가져야 한다는 것을 교훈(敎訓)하고 있다.
사람이 일생을 살아가는 동안에는 무수히 많은 일이 일어나게 된다. 지금은 가난하지만 미래에는 부자가 될 수도 있을 것이며, 지금은 공부를 못 해 꼴찌라고 놀림을 받지만, 나중에 타고난 장사 수완 때문에 세계적인 갑부가 될는지도 모를 일이다.
긍정적(肯定的)인 마음으로 모든 것을 생각한다면, 보다 더 밝은 미래가 펼쳐질 것이다. 희망의 눈으로 바라보는 긍정적인 마음 자세를 길러야겠다.

누가 진정한 친구인가?

어느 날, 한 젊은이가 왕의 급한 부름을 받았다.

'내일 아침 날이 밝는 대로 서둘러
대궐로 들어오라. 이 명령을 어기면
큰 벌을 내리겠노라.'

생각지 않은 임금님의 부름을 받은 젊은이는
두려움에 벌벌 떨었다.

'내가 무슨 잘못을 저질렀던가?
혹시 나도 모르는 사이에 큰 실수를
저지른 것은 아닐까?
오, 정말 답답하구나.'

젊은이는 대궐에 가는 일이 너무나 겁이 났다.

'그렇다고 임금님이 부르시는데 안 간다는 건
말도 안 되는 일이지. 분명 더 무서운 벌이
기다릴 테니까 그럴 수는 없다.
가자니 무섭고, 안 가자니 큰 일이 벌어질 테고,
정말 이 일을 어쩌면 좋단 말인가……?'

머리를 쥐어싼 채 고민하던 젊은이에게 번쩍
좋은 생각이 떠올랐다.

'아, 그래, 그럼 되겠다.
친한 친구랑 같이 가면 훨씬
덜 무서울 게 아닌가?
그래, 정말 좋은 생각이야.'

젊은이는 친한 친구 중에서 누군가가 같이 가 준다면
참 든든할 것 같은 생각이 들었다.
젊은이의 머릿속에 세 친구의 얼굴이 떠올랐다.
첫번째 친구는 젊은이가 가장 소중하게 여기는 둘도 없는

다정한 친구였다.
두 번째 친구 역시 젊은이가 좋아하는 친구였지만
첫번째 친구만큼 소중하게 생각되지는 않았다.
그리고 세 번째 친구는 친하게 지내기는 했지만,
그다지 소중하게 생각되지는 않았다.
젊은이는 허둥지둥 첫번째 친구를 찾아갔다.
첫번째 친구는 젊은이를 반갑게 맞아 주었다.

"여보게, 친구여, 큰일났네. 임금님이 내게
내일 아침 일찍 대궐로 들어오지 않으면
큰 벌을 내리겠다고 하셨네.
가긴 가야겠는데 나 혼자서는 무서워서
엄두가 나지 않지 뭔가? 그래서 그러는데,
내 소중한 친구여, 자네가 나와 함께
가 주지 않으려나?"

젊은이의 말에 첫번째 친구는 냉정하게 고개를
저으며 말했다.

"이거 미안하네. 하필 내일 급한 일이 있어서

함께 가 줄 수가 없겠네."

젊은이의 실망은 이만저만이 아니었다.

"아, 그런가? 잘 알았네.
자네가 함께 가 주지 못한다면
다른 친구에게 부탁해야지 어쩌겠나."

젊은이는 두 번째 친구를 찾아가서 부탁했다.

"음, 그럼 내가 대궐 앞까지만
함께 가 주겠네. 그 이상은 함께
가 줄 수가 없네. 왜냐 하면
임금님께서는 자네 혼자만 들어오라고
하셨잖은가. 임금님의 명령을 어겼다가
나까지 혼나게 될지도 모르는 일이네."

두 번째 친구가 말했다. 젊은이는 몹시 섭섭했다.
두 친구에게 배신당한 것 같은 생각이 들어 마음이 아팠다.
무거운 마음으로 젊은이는 세 번째 친구를 찾아갔다.

이미 가장 친하다고 믿었던 두 친구가 거절한 일을
세 번째 친구가 허락해 줄지 자신도 없었다.

"여보게, 큰일났네. 임금님께서
내일 아침 일찍 대궐로 들어오라고
하셨지 뭔가. 어쩌면 큰 벌을 받게
될지도 모르겠네. 그런데 나 혼자서는
무서워서 발걸음이 떨어지지가 않는구만.
그러니 자네가 나와 함께 좀 가 주겠나?"

젊은이는 세 번째 친구에게 말했다.
그리자 세 번째 친구는 젊은이의 손을 꼭 잡으며 말했다.

"오, 그런가? 그렇게 하고말고.
우린 가까운 친구 사인데,
자넬 위해 그 정도 수고야 못 하겠나?
아무 염려 말게나. 자네는 좋은 사람이고,
또 나쁜 짓을 한 일도 없으니까 마음을
편하게 가지게. 자네가 결백하다는 것에
대해 내가 증인이 되어 주겠네."

세 번째 친구의 말을 듣는 젊은이의 눈에는 눈물이 어렸다.

"고맙네, 자네야말로 나의 진정한 친구일세."

젊은이는 세 번째 친구의 손을 덥석 잡았다.

....

이 이야기에서 나오는 첫번째 친구는 재산(財産)과도 같다.
돈이 없으면 먹을 것도 입을 것도 살 수가 없다. 돈이란 그만큼 소중한 것이다. 그러나 아무리 돈이 소중한 것이라 해도 죽을 때 가져갈 수 없다.
두 번째 친구는 친척(親戚)과도 같다. 무덤까지는 인정상 따라가 주지만 그 이상은 어쩌지 못한다. 함께 죽어 줄 수는 없다.
마지막으로 세 번째 친구는 착한 일, 즉 선행(善行)과 같다. 평소의 착한 행동은 별로 눈에 확 띄게 마음을 사로잡거나 귀하게 느껴지지는 않지만 죽은 후에도 함께 해 준다. 착한 일만은 그 사람의 이름과 함께 영원히 기억되기 때문이다.

잃어버린 돈 찾기

어느 날, 시골에 사는 상인이 물건을 떼러 도시로 왔다.
그런데 하필이면 그 날은 장날이 아니었다.
그런데 장터에 사는 아주머니가 상인에게 귀띔을 해 주었다.

"아유, 오늘은 장날이 아니에요.
며칠 기다렸다가 장날 물건을 사세요.
그럼 훨씬 더 싸게 살 수 있을 테니까요."

"아, 그, 그럴까요? 그게 이익이
더 남는다면 그렇게 해야지요."

상인은 며칠 후 장날이 되면 물건을 싸게 살 수 있다는
말을 듣고 장날까지 기다리기로 했다.
그러나 그는 많은 돈을 갖고 있었기 때문에

누가 알까 봐 걱정이 되었다.

'이거, 돈을 잘 간수해야 할 텐데!
몸에 지니고 다니다가 잃어버리기라도 한다면
큰일이잖아? 대체 어디에다 둬야 좋을까?'

상인은 골똘히 생각한 끝에,
아무도 없는 숲 속에 가서 자기가 지니고
있던 돈을 모두 땅 속에 묻었다.

'날마다 살짝 와서 확인해 보고 가야지.'

그런데 다음 날 상인이 그 곳에 가 보니,
글쎄 이게 웬일인가!
땅 속에 묻어 놓은 돈이 몽땅 없어져 버린 게 아닌가!

'아니, 이게 대체 웬일이야? 내 돈! 내 돈!'

발을 동동 구르며 상인은 머리를 싸매고 생각해 봤지만,
누가 돈을 가져갔는지 도무지 알 수가 없었다.

'반드시 도둑놈의 흔적이 숲에
남아 있을 게다. 잘 찾아보자.'

상인은 돈을 파묻은 숲 속을 자세히 살펴보았다.
그러자 숲 한쪽에 외딴 집 한 채가 서 있고,
그 집의 벽에 구멍이 뚫려 있는 것을 알았다.
아마도 그 집에 살고 있는 사람이 그가 돈을 파묻고
있는 것을 그 구멍으로 몰래 보고 꺼내 간 것이
틀림없을 것 같았다.

상인은 아무것도 모르는 체하고, 그 집에 찾아가
문을 두들겼다.

"실례합니다, 주인장 계십니까?"

그러자 집 안에서 40대쯤 되어 보이는 집 주인이 나왔다.

"무슨 일이오?"

집 주인은 별로 반갑지 않은 기색이었다.

"저는 시골에서 온 상인입니다.
주인장은 도시에 살고 있으니까
많은 것을 아시겠지요?
제게 좋은 지혜를 가르쳐 주십시오.
저는 이 도시에 물건을 사러 왔는데,
두 덩어리의 돈 다발을 가지고 왔습니다."

상인의 말을 듣고 있던 집 주인의 눈이 번쩍 빛났다.

"호, 그러시오?"

집 주인의 눈치를 살피면서 상인은 말을 계속해 나갔다.

"한 다발에는 500개의 은화가 들어 있고,
다른 하나에는 800개의 은화가 들어 있지요.
500개의 은화가 들어 있는 돈다발은
아무도 모르는 곳에 파묻었답니다.
그런데 800개의 은화가 든 돈다발도
파묻는 것이 좋을까요, 아니면 여관에
맡겨 두는 것이 좋을까요?"

그러자 집 주인이 냉큼 이렇게 대답했다.

“내가 만약 당신이라면 아무도 믿지 않겠소.
그리고 먼저 파묻었던 자리에 함께 파묻겠소.”

“아, 그런 좋은 방법이 있었군요?
그럼 오늘 밤에 당장 그렇게 해야겠군요.
좋은 방법을 알려 주셔서 정말 고맙습니다.”

상인은 크게 기뻐하는 표정을 지으며 집 주인에게 몇 번이나
절을 했다.
상인이 떠나자 집 주인은 바삐 자기 집 안으로 들어갔다.

‘어서 가서 훔쳐 온 돈을 다시 파묻어 둬야겠구나.
그래야 나머지 800냥도 내 손에 들어올 게 아니냐?
하하, 꿩 먹고 알 먹는 일이 아닌가?’

집 주인은 훔쳤던 돈을 들고 나가서 파묻었던 자리에
몰래 도로 묻어 두었다.

지혜로운 상인은 몰래 숨어서 엿보다가 그 집 주인이 돈을 묻고 돌아간 뒤 자기의 돈다발을 무사히 찾을 수 있었다.

···················

돈을 잃어버린 상인의 지혜(智慧)를 볼 수 있다.
다짜고짜 돈을 잃어버렸다고 온 동네에 떠들고 다녔다면 어떻게 되었을까? 결코 돈을 찾을 수는 없었을 것이다. 되레 돈을 찾기는커녕, 바보같이 땅에 돈을 묻고 소란을 피운다고 손가락질이나 당했을 것이다.
상인의 지혜로운 행동이 고스란히 자신의 돈을 되찾게 했다.
이것이 바로 지혜이다. 조금만 더 침착하게 생각해 본다면 지혜란 이처럼 생활 속에서 누구나 적용(適用)시킬 수 있다는 것을 알게 된다.

마음먹기 달렸지요

어느 가난한 사나이가 랍비를 찾아왔다.

"랍비님, 저를 좀 도와 주십시오."

사나이는 금세 울음을 터뜨릴 것 같은 얼굴로 랍비에게 하소연을 했다.

"오, 말씀하시오. 무엇을 도와 주면 되겠소?"

사나이는 생각만 해도 골치가 아프다는 듯 머리를 절래절래 흔들며 말했다.

"랍비님, 우리 집은 좁은데 애들이 많습니다.
게다가 마누라가 그렇게 악처일 수가 없습니다.

아마도 이 고을에서 가장 지독한 악처일 것입니다.
그러니 저는 아아, 어찌했으면 좋겠는지요?
도무지 이대로는 살아갈 의욕도 없고
살고 싶지도 않습니다."

유태교에서는 기독교와는 달리 분명한 사정이 있으면
이혼이 허용된다.
아무리 노력해도 더 이상 어찌할 수 없을 때는 랍비의
허가를 받으면 이혼할 수 있다.

"산양을 가지고 있소?"

잠시 생각하던 랍비는 사나이에게 이렇게 물었다.

"네, 물론입죠."

가난하고 불행에 찌는 사나이가 얼른 대답했다.

"유태인으로서 산양을 갖고 있지
않은 사람이 어디 있을라구요?"

"그렇다면 오늘부터 그 산양을
집 안에 들여와 기르도록 하시오."

"네? 산양을 집 안에서 기르라구요?"

"내 말에 따르지 않을 생각이오?"

"아, 아닙니다, 랍비님. 따르고말고요.
말씀대로 하겠습니다."

사나이는 의아한 낯빛을 한 채로 자기 집으로 돌아갔다.
그리고는 다음 날 또다시 찾아왔다. 얼굴은
어제보다도 더욱 찌들어 있었다.

"오, 랍비님, 살려 주십시오.
이젠 더 이상 단 하루도 참을 수가 없습니다.
악처에다 산양에다 이젠 죽을 지경입니다."

그러자 랍비가 다시 사나이에게 물었다.

"집에서 닭을 기르고 있소?"

"그럼요, 물론 기르지요."

사나이는 시큰둥하게 대답했다.

"도대체 닭을 기르지 않는 유태인이
있을 수 있겠습니까요?"

닭고기는 유태인이 대단히 즐겨 먹는 음식이기 때문이다.

"그렇다면 닭을 모조리 집 안에서 기르도록 하시오."

"네? 모조리 집 안에서요?"

두 눈이 휘둥그래진 채 돌아간 사나이는 다음 날
얼굴이 새파랗게 질린 채 또다시 찾아왔다.

"어이구, 랍비님, 끝장입니다!
이젠 정말 이 세상 종말입니다!"

"그렇게나 심한가요?"

"네, 바가지 박박 긁는 못된 아내에다가
산양에다가 닭이 열 마리!
아아! 저는 숨조차 쉴 수가 없습니다."

"그렇다면……."

랍비가 사나이에게 말했다.

"산양과 닭을 모두 밖에 내다 기르도록 하고,
내일 다시 한 번 찾아오시오."

다음 날, 날이 밝자마자 가난한 사나이가 찾아왔다.

"라, 랍비님, 제가 왔습니다!"

하루 사이에 몰라보리만큼 얼굴이 환하게 피어나 있었다.
마치 어마어마한 보물이라도 발견한 듯이 두 눈 가득히
기쁨에 빛나고 있었다.

"그래, 어땠습니까?"

"네, 랍비님, 그야말로 천국입니다.
랍비님의 말씀대로 산양과 닭을 다 내보냈습니다.
랍비님에게 천 번의 축복이 내리시옵기를!
우리 집은 이제 그야말로 임금님이 사시는
궁전과도 같습니다."

....

사람의 행복은 물질과 장소에 있는 것이 아니란 것을 알 수 있다.
같은 장소에서도 얼마든지 지옥과 천국을 느낄 수가 있기 때문이다.
비록 비좁고 답답한 곳이지만 마음을 평안하게 가지면 훨씬 더 기분이 유쾌해진다.
어려운 환경(環境)을 탓하기보다는 즐거운 마음을 가짐으로써 환경을 극복할 수 있는 용기를 기를 수 있다.

나쁜 일과 좋은 일

이스라엘의 유명한 랍비인 아키바가 여행을 떠났다.
다른 여행 때와 마찬가지로 단출한 차림이었다.
타고 갈 당나귀와 개, 그리고 작은 등잔 하나가 전부였다.
작은 등잔은 자나깨나 독서를 쉬지 않는 아키바의
습관 때문에 꼭 가지고 다녀야 했다.

그 날도 아키바는 하루 종일 쉬지 않고 걸어, 해질 무렵
작은 시골 마을에 도착했다.
마을 입구에 낡은 헛간이 하나 있는 것을 본 아키바는
거기에다 짐을 풀었다.

'아이구, 피곤하다.
오늘은 이 헛간에서
하룻밤 묵어 가야겠구나.'

어느덧 사방은 서서히 어둠으로 덮여 갔다.

'잠자기에는 아직 이른데, 책이나 읽어야겠다.'

아키바는 평소에 하던 대로 등잔에 불을 켜고 책을
읽었다.
그런데, 갑자기 한 줄기 센 바람이 불어 와서 등잔불이
획 꺼졌다.

"어허, 등잔불이 꺼졌네? 거 참."

하루 종일 줄곧 걷느라고 너무나 피곤했던 아키바는
그냥 그대로 곤하게 잠에 빠져 버렸다.

그런데 그가 잠든 사이에 큰 일이 벌어졌다.
뒷산에 살던 사나운 늑대가 내려와서 개를 물어 죽였다.
그리고 또 사자가 나타나서 그의 당나귀까지
물어 죽여 버렸다.

날이 밝아 잠에서 깨어난 아키바는 기가 막혔다.

헛간 앞에 그의 개와 당나귀가 죽어 널브러져 있었기
때문이다.

"하룻밤 새 웬 변고란 말인고?
쯧쯧, 개도 당나귀도 죽고 말았으니
이번 여행은 그야말로 고달프게 되었구나."

아키바는 달랑 등잔만을 든 채 터벅터벅 걸어서
마을 안으로 들어갔다.
그런데 이게 웬일인가!

마을에는 사람의 그림자 하나 보이지 않았다.
여기저기에 사람들의 시체만 뒹굴고 있었다.
마을을 한 바퀴 살펴본 아키바는 그제야 사태를
알아차렸다.

"아, 간밤에 이 마을에 고약한
도둑들이 쳐들어왔구나!"

아키바는 도둑들이 마을 사람들을 남김없이 죽이고

모든 걸 다 빼앗아 갔다는 것을 알게 되었다.
만일 그의 램프가 바람에 꺼지지 않았다면 그 역시
도둑들에게 발각되어 죽었을지도 모른다.
그리고 또, 그의 개가 살아 있어서 큰 소리로 짖었거나
소란한 소리에 당나귀가 발버둥을 쳤다 해도
그는 발각되어 죽었을 것이다.

그런데 그는 결국 그 모든 것을 잃어버린 덕분에
살아남은 것이 아닐까?
아키바는 그 모든 일을 조용히 생각해 본 끝에,
깨우침을 얻고 작게 중얼거렸다.

"사람은 최악의 경우에서도
희망을 잃어서는 안 된다.
나쁜 일이 있으면 좋은 일이 생긴다는
사실을 알아야 한다.
어떤 것이 가장 나쁜 상황인가는
오직 하나님만이 아신다."

‘전화위복(轉禍爲福)’ 이라는 말이 있다. ‘화가 바뀌어 복이 된다.’는 말이다. 불행한 일을 당한 그 순간에는 더없이 나쁜 일인 듯 여겨지지만, 시간이 지난 후 돌이켜 보면, 그 불행한 일이 도리어 복을 가져다 준 것을 깨닫게 되는 일이 있다.
그러므로 모든 일을 좀더 침착하게 생각해 보는 태도를 길러야겠다.

명예보다 소중한 것

메이어는 설교를 잘 하기로 유명한 랍비이다.
그는 매주 금요일 밤마다 설교를 했는데, 수백 명이 넘는 사람들이 멋진 그의 설교를 듣기 위해 교회로 몰려오곤 했다.

그 가운데서도 특별히 메이어의 설교를 좋아하는 한 부인이 있었다.
유태의 여인들은 모두 다 금요일에 음식을 많이 마련한다.
다음 날인 안식일에 먹을 음식까지 한꺼번에 마련해야 했기 때문이다.

왜냐 하면 유태인들은 안식일에는 일을 하거나 음식을 만드는 일을 하면 안 되었다.
그런데도 메이어의 설교에 반한 그 부인만은 설교를

듣기 위해서, 금요일 밤에도 교회로 달려가곤 했다.

메이어의 설교는 매우 긴 편이라서 몇 시간씩 계속되었지만,
그 부인은 설교에 취해서 시간 가는 줄을 몰랐다.
설교가 끝나 집에 돌아갈 때에는 언제나 마음에 뿌듯한
기쁨을 느꼈다.

그 부인에게는 이해심이 많은 남편이 있었다.
처음에는 설교를 듣느라고 늦게 돌아오는 아내를 보고도
화를 내지 않았다.
그러나 금요일 밤만 되면 안식일에 먹을 음식도 만들지
않고 설교를 들으러 쪼르르 가는 일이 계속되자,
슬그머니 화가 나게 되었다.

어느 날, 메이어의 설교를 들으러 간 부인이 또 밤 늦게
돌아오자, 화가 잔뜩 난 남편이 문 앞에서 기다리고
있다가 큰 소리로 나무랐다.

"안식일 날 먹을 음식도 만들지 않고
도대체 어디를 갔다 오는 거요?"

남편의 거친 태도에 놀란 아내가 머뭇거리며 말했다.

"당신도 잘 아시잖아요.
교회에 가서 메이어 랍비의 설교를
듣고 오는 길이에요."

그러자 남편이 다시 버럭 소리를 질렀다.

"뭐? 설교라고? 난 이제 지긋지긋하오.
당신이 그 랍비의 얼굴에 침을 뱉고 오기 전에는
두 번 다시 집에 들어올 생각을 마시오!"

"네?"

"당장 이 집에서 나가란 말이오!"

남편에게 쫓겨난 여인은 어쩔 수 없이 이웃의 친구 집에서
머물렀다.

메이어 랍비의 설교를 들은 일로 남편에게서 쫓겨난

부인의 이야기는 곧 마을에 널리 알려지게 되었다.
저절로 메이어도 그 이야기를 듣게 되었다.

'음, 내 설교가 너무 길었기 때문에
이런 일이 일어났구나.
내가 한 가정의 평화를 깨뜨려 놓았어.
이걸 어쩐다?'

메이어는 몹시 후회를 했다.
그래서 어떻게든 깨뜨려진 그 가정의 평화를
자신의 힘으로 회복시켜야 한다고 생각했다.
그래서 하루는 그 부인을 불러 말했다.

"부인, 나는 지금 눈이 몹시 아프답니다.
눈이 아플 때는 침으로 씻으면 약이 된다는데,
부인이 내 눈에 침을 좀 뱉어 주시오."

메이어 랍비의 정중한 부탁을 받은 부인은 아무 생각 없이 랍비의 눈에 침을 뱉어 주었다. 그 광경을 곁에 지켜본 그의 제자들이 물었다.

"선생님, 덕망이 높으신 선생님께서
왜 이런 일을 하십니까?
어쩌자고 여자가 얼굴에 침을 뱉도록
그냥 두셨습니까?"

그러자 메이어는 빙그레 웃으며 말했다.

"허허, 한 가정의 평화를 위해서라면
그보다 더한 일이라도 참아야지."

....

지위나 신분이 높은 사람들은 자신의 권위를 지키기 위해 애를 쓴다.
행동에 품위를 지키려고 애쓰는 이유도 바로 그 때문이다.
한 가정의 행복을 위하여 자기의 체면이 깎일 일을 하는 데는 큰
용기(勇氣)가 필요하다. 가정의 소중함을 아는 사람만이 할 수 있는
진정한 용기이다.

우애 깊은 형제

어릴 때부터 아주 정이 두터운 형제가 있었다.

"형, 이거 먹어. 참 맛있어."

"아니야, 맛있는 건 네가 먹어야지.
난 내가 먹는 것보다 네가 먹는 게
더 흐뭇하고 좋아."

"야, 역시 우리 형이 최고야!"

얼마나 사이가 좋은지 마을 사람들도 모두 알 정도였다.
그들 형제는 자랄 때부터 여러 번 비참한 전쟁을 겪었다.
전쟁의 위험을 피하기 위해서 그들은 독일, 러시아,
시베리아, 만주 등지로 도망을 다니며 온갖 고생을 겪었다.

"형, 힘내. 인제 곧 좋은 때가 올 거야."

"그럼, 우리 둘이서 힘을 합하면 어떤 일이
닥쳐도 두려울 게 없어."

두 형제는 그런 마음으로 서로 돕고, 서로 격려하며
마침내 어엿한 어른으로 성장했다.

그런데 아버지가 돌아가시면서 형제간의 정에 금이 가는
일이 생겼다.
아버지가 남긴 유언 때문에 형제가 갑자기 싸우게 되었던
것이다.

"아우야, 넌 아버지의 유언을
너 좋을 대로 해석하고 있어.
그렇게 하면 안 되지."

"그건 내가 할 말이야. 형이야말로
너무 욕심이 지나친 거 아냐?"

"그럼 우리 다른 사람들의 의견을
들어 보기로 하자."

"좋아, 누가 겁날 줄 알고?"

형제는 아버지의 유언장을 다른 사람들에게 보여 주며
누가 옳은가를 묻기로 했다.
그런데 사람들에 따라서 의견도 가지 각색으로 달랐다.
형이 옳다는 사람과 동생이 옳다는 사람이 거의 반반이었다.

두 형제의 틈은 점점 더 넓게 벌어졌다.
오로지 자기만이 옳다고 고집을 부리게 되었다.

"시끄러워! 건방지게 형이 하는 일에
사사 건건 반발이야?"

"흥! 아무리 그래도 이 일은 형이 잘못했다구."

"어쨌든 난 절대로 양보할 수 없어."

"나도 마찬가지야. 나도 절대 양보 못 해!"

인제 두 형제는 원수처럼 서로 미워하는 사이가 되고
말았다.
그처럼 다정했던 형제는 마침내 같은 방 안에서도 서로
등을 돌린 채 얼굴을 마주 보기도 싫어했다.

"이렇게 살 바엔 우리 서로 헤어져 살기로 하자."

그래서 형과 동생은 각각 집을 마련해서 서로 헤어져
살았다. 길에서 우연히 만나게 되어도 짐짓 고개를 돌리며
지나치곤 하였다.

시간이 조금 흐르자, 형제의 마음 속에는 이래서는
안 되겠다는 생각이 들었다.
그래서 어느 날, 형은 유명한 랍비를 찾아가 물었다.

"랍비님, 제 동생 때문에 몹시 속이 상합니다.
동생이 너무 고집을 부려서 몹시 다투었습니다.
동생의 마음을 돌릴 수 있는 좋은 방법이 없을까요?

저는 동생과 싸울 마음이 조금도 없는데,
마주 대하면 절로 화가 치밀어오릅니다."

다음 날에는 동생이 그 랍비를 찾아와서 고민을
털어놓았다.

"랍비님, 괴로움이 너무 커서 찾아왔습니다.
저는 형님과 다툴 마음이 없어요.
그런데 형님은 자기만 옳다고 너무 심하게
저를 몰아세웁니다. 옛날에는 무척
저를 사랑해 주던 자상한 형이었는데 말이에요.
그래서 전 너무나 서글픕니다.
랍비님, 형님의 마음을 옛날처럼
돌릴 수 있는 방법을 좀 가르쳐 주세요."

며칠이 지난 어느 날이었다.
랍비는 어떤 모임에서 연설을 맡게 되었다.
그래서 랍비는 그 모임의 주최자를 만나 두 형제를
따로따로 초대해 달라고 부탁을 했다.

모임에 참석한 두 형제는 얼굴을 마주치자 슬그머니
외면을 했다.

'어? 대체 형님이 여길 왜 왔지?!'

'정말 어색한데? 이거, 남들 앞에서
화난 표정을 지을 수도 없고!'

두 형제는 민망하기 짝이 없었다.
다른 때 같으면 얼굴이 마주치자마자 서로 되돌아서서
나갔겠지만 그 날은 초대한 사람의 체면 때문에 그렇게
할 수가 없었다.
그래서 나가지도 못하고 엉거주춤한 채 서로 멀찍이
떨어져 앉았다.

랍비의 연설 차례가 되었다.
랍비는 참석한 많은 사람들에게 정중하게 인사를 한 다음,
다음과 같은 이야기를 했다.

옛날, 이스라엘에 두 형제가 살고 있었다.

형은 일찍 결혼을 해서 아내와 아이가 있었지만
동생은 아직 결혼을 하지 않은 총각이었다.
두 형제는 부지런한 농부였다.
그들은 아버지가 돌아가시며 남겨 준 땅에 농사를 지었다.
밀과 보리, 옥수수 들을 심고 정성껏 가꾸었다.
가을이 되자 들판이 누렇게 물들었다.
그들은 많은 곡식을 수확했다.

"둘이서 농사를 지었으니 똑같이 나누자꾸나."

"형님 좋으실 대로 하세요."

형제는 수확한 곡식을 똑같이 반씩 나누어 가지고
각기 자기의 창고에 보관했다.

그 날 밤이었다.
창고의 곡식을 살펴보던 동생은,

'형님은 가족이 있으니까 나보다
더 많은 곡식이 필요할 거야.

나는 혼자 사니까 이렇게 많은 곡식을
다 먹을 수는 없지.
그래, 형님께 가져다 드리면 안 받으려고
할 테니까 밤에 몰래 가져다 드려야지.'

이렇게 생각한 동생은 곡식을 한 자루 가득히 담아서 지고
몰래 형의 창고에 가져다 놓았다.

한편 형도 이런 생각을 했다.

'아직 동생은 결혼도 안 했잖아?
결혼을 하려면 이것저것 얼마나 쓰임새가 많아?
그 때를 대비해서 지금부터 더 많은 저축을 해야 될 거야.
그래야 이 다음에 결혼할 때 부족하지 않게 쓸 수 있지.
우리 집 창고에서 곡식을 좀더 갖다 줘야겠구먼.'

그리고는 부리나케 창고에 있는 곡식 한 자루를 짊어지고
몰래 동생의 창고에 들여다 놓았다.

이튿날 아침, 각각 자기의 창고를 둘러본 형과 동생은

고개를 갸웃거렸다. 곡식 자루가 하나도 줄지 않고
똑같았기 때문이었다. 하나를 빼냈으면 하나가 비어야
마땅한데 그대로인 게 이상하기 짝이 없었다.

"정말 이상한걸? 곡식이 조금도 줄지 않았네?"

그러나 겉으로 내색할 수가 없어 고개만 갸웃거렸다.

다음 날 밤이 되자 형은 형대로, 동생은 동생대로
큰 곡식 자루를 져다가 형의 창고와 동생의 창고에
가져다 놓았다.
그리고 아침이 되어 창고를 살펴보고는 또다시 고개를
갸웃거렸다.
사흘째 밤에도 두 형제는 똑같은 일을 했다.
그리고 아침이 되어 창고를 둘러보고는,

"거참, 이상한 일이군."

하며 고개를 갸웃거렸다.
나흘째 밤이 되었다.

형은 역시 곡식 자루를 메고 동생의 창고로 향했다.
동생도 곡식 자루를 메고 끙끙거리며 형의 창고로 향했다.
캄캄한 어둠 속에서 마침내 두 형제는 마주치게 되었다.

"누, 누구요? 이 밤중에 누구요?"

형이 물었다. 동생은 형의 목소리를 금방 알아듣고는,

"혀, 형님, 접니다."

하고 대답했다.

"아니, 내 창고에 곡식을 갖다 둔 사람이 바로 너였구나!"

형이 깜짝 놀라 말했다.

"형님이 제 창고에 곡식을 가져다 두셨군요!"

동생도 깜짝 놀라 말했다.
두 형제는 서로가 서로를 얼마나 극진하게 생각하고 있는가를 알고는 서로 부둥켜안았다.

"형님!"

"아우야!"

형제는 서로 끌어안은 채 하염없이 눈물을 흘렸다.
그리하여, 이 두 형제가 만나던 바로 그 장소는 오늘날까지도
이스라엘에서 가장 고귀한 장소로 불리고 있다.

욕심 때문에 서로 다투기만 하던 두 형제도 열심히
랍비의 말을 들었다.
그리고 마침내 형과 동생의 눈에서는 굵은 눈물이
흘러내렸다.

랍비의 연설이 끝나자 서로 떨어져 앉았던 형과 동생은
벌떡 일어섰다.
형은 동생을 향해, 동생은 형을 향해 벅찬 가슴으로 뛰었다.

"제가 잘못했어요, 형님!"

"아우야, 다 내 잘못이다!"

남들이 보든 말든 개의치 않고 두 형제는 부둥켜안은 채 크게 소리내어 울었다.
모임에 참석했던 사람들이 모두 박수를 치면서 다시 정다운 사이가 된 두 형제를 축하했다.

····················

초등학교 교과서에도 나오는 유명한 이야기이다.
우리나라에서도 요즈음에는 자식을 많이 낳지 않아서 그런지 형제의 우애(友愛)가 무엇인지 잘 모르는 아이들이 많이 있다고 한다.
형제는 부모와 마찬가지로 피를 나눈 사이로서 어려울 때에 서로 돕고 위로해 줄 수 있는 진정한 벗이다. 그런 형제는 하나님이 자신에게 주는 최고의 선물이자 축복(祝福)인 것이다. 형제가 많은 사람들이야말로 이 세상에서 가장 행복한 부자이다.

부자가 되는 비결

찢어지게 가난한 어느 네덜란드 남자가 어떻게 하든
가난에서 벗어나 보려는 생각으로 돈 많은 유태인 부자를
찾아왔다.
유태인 부자는 의아한 얼굴로 네덜란드 남자에게 물었다.

"무슨 일로 나를 찾아왔소?"

"네, 선생님. 선생님은 어떻게 해서
이렇게 많은 재산을 모으셨습니까?
나한테도 재산 모으는 비결을 좀
가르쳐 주십시오."

네덜란드 남자는 유태인 부자에게 아주 통사정을 하였다.

"호, 부자가 되고 싶으신 거구려.
그런데 재산을 모으는 일이란
매우 힘드는 일이오."

"암요, 저도 잘 알고 있습니다.
그래서 이렇게 배우려고 찾아온
게 아니겠습니까?"

"퍽 고생이 될 터인데, 그래도 괜찮겠소?"

유태인 부자가 걱정되는 표정으로 네덜란드
남자에게 물었다.

"아무리 힘들어도 좋아요.
뭐든지 다 참아 내고 이겨 낼 수 있으니까,
꼭 좀 가르쳐 주십시오."

너무나 간절하게 매달리자, 유태인 부자가 허락을 했다.

"좋아요, 그렇다면 나를 따라오시오."

유태인 부자는 네덜란드 남자를 데리고 깎아지른 듯한
높은 절벽 위로 올라갔다.
절벽 끝에는 나무 한 그루가 있었다.
너무나 위태하게 서 있어서 쳐다보기만 해도
소름이 돋을 지경이었다.

"자, 지금부터 저 나무 위로 올라가시오.
올라간 다음, 나뭇가지 위에 매달리시오."

유태인 부자의 말에 네덜란드 남자의 눈이 크게 떠졌다.

"아이고, 저 나무에 매달리라고요?"

"못 하겠단 말이오?"

유태인 부자의 말에 네덜란드 남자는 황급히 고개를
저으며 나무 위로 올라갔다.
나무를 잡은 손이 두려움으로 벌벌 떨렸다.
네덜란드 사람은 무서움을 꾹 참고 유태인 부자가
시키는 대로 했다.

"됐소, 그럼 이번에는 한 손을 놓으시오."

"으악! 한쪽 손을 놓아요?"

"그래요, 한쪽 손으로만 나무에 매달리시오."

네덜란드 남자는 숨이 막힐 정도로 무서웠지만, 부자가 되고 싶은 욕심 때문에 벌벌 떨면서도 시키는 대로 했다.

"하, 한 손으로만 매달렸습니다.
어, 어서 부자가 되는 비결을
가르쳐 주십시오. 어서요!"

그러자 유태인 부자가 말했다.

"그럼 나머지 한 손도 마저 놓으시오."

가난한 네덜란드 남자가 소리를 꽥 질렀다.

"네? 이 손마저 놓으라구요?

나더러 이 낭떠러지에서 떨어져
죽으라는 겁니까?"

가난뱅이는 파랗게 질린 얼굴로 부들부들 떨며 소리쳤다.
그러자 유태인 부자가 빙긋이 웃으면서 말했다.

"바로 그거요, 그게 바로 부자가 되는 비결이오.
돈이나 재물이 생기거든 지금처럼 꼭 움켜쥐시오!
지금 당신이 온 힘을 다 쥐어짜서 한 손으로
나뭇가지를 잡고 있듯이 꼭 잡고 놓치지 마시오.
그러면 분명히 부자가 될 테니까 말이오."

....

세계의 경제를 유태인이 움직인다는 말이 있을 만큼, 유태인들 중에는
세계적인 큰 부자가 많다. 5천 년의 역사 중 2천 년을 나라 잃은
백성으로 떠돌면서 어떻게 해서 그런 부자가 많이 생겼는지 궁금하지
않을 수 없다.
그 비결은 언제나 검소(儉素)한 태도로 살아 온 것에 있다. 저축을
많이 하고 아무리 수입이 많아도 늘 절약하면서 살아 왔기 때문이다.
그들은 돈을 함부로 낭비하는 것을 죄악이라고 생각한다.
그렇기 때문에 좋은 일에 기부를 한다든가 하는 특별한 목적이 없이는
함부로 돈을 낭비(浪費)하지 않는다. 또 그래서 유태인이 세계 제일의
구두쇠라고 소문이 났는지도 모를 일이다.

알렉산더 대왕이 원하는 것

세계를 정복했던 알렉산더 대왕의 전성기 때의 일이다.
전 유럽을 정복하고 인도까지 정벌했던 알렉산더 대왕이
많은 군대를 이끌고 이스라엘에까지 왔다.

유태인들은 알렉산더 대왕을 찾아가서 이렇게 물었다.

"무엇을 원하시옵니까?
원하시는 바를 말씀하시옵소서.
우리가 가지고 있는 것이라면 무엇이든지
드리겠나이다. 금은 보화를 원하시는지요?"

그러자 알렉산더 대왕은 고개를 저으며 말했다.

"아니다, 금은 보화라면 내가 너희들보다

수백 배, 수천 배나 더 많이 가지고 있다.
내가 원하는 것은 그런 것이 아니다.
다만 나는 유태인들의 생활 습관과
유태인들의 정의관을 알고 싶을 뿐이다."

대왕의 말을 들은 유태인들은 아주 쉬운 일이라는 듯 밝은
얼굴로 말했다.

"오, 그거야 뭐가 어렵겠습니까?
그렇다면 저희들이 대왕께 낱낱이
설명을 해 드리겠습니다."

"아니다, 말이란 진실보다
거짓이 많은 법이니까 유태인들의
생활을 직접 보고 싶을 뿐이다."

"네, 그러면 직접 대왕님의 눈으로 보시옵소서."

"그렇지 않아도 그렇게 할 생각이니라."

알렉산더 대왕은 이스라엘에 머무르면서 직접 유태인들의 생활을 유심히 지켜봤다.

어느 날, 마침 두 사나이가 허겁지겁 재판을 받기 위해 랍비를 찾아왔다.

"무슨 일이냐?"

랍비가 묻자, 한 사나이가 빠른 말씨로 대답했다.

"네, 랍비님, 저는 얼마 전에
이 사람에게서 헌 옷 한 보따리를 샀습니다요.
그런데, 집에 와서 풀어 보니
헌 옷 보따리 속에서 한 움큼의
동전이 나오지 않겠습니까?
그럼 이 동전의 주인은 누구겠습니까?"

랍비가 그 사나이에게 대답했다.

"그거야 뻔하지 않느냐?

네가 산 보따리 속에서 나온 것이니까
네 것이 아니겠느냐?"

랍비의 말에 사나이가 고개를 저었다.

"아닙니다, 랍비님.
저는 헌 옷만 샀을 뿐입니다.
동전까지 산 것은 아니니까
이 돈은 원래 보따리 주인에게
돌려 줘야 하지 않겠습니까?"

"흠, 말을 듣고 보니 그렇군.
그렇다면 그 돈은 헌 옷을 판 사람에게
돌려 줘야 되겠군."

그러자 옆에서 대화를 듣고 있던 다른 사나이가 말했다.

"랍비님, 그게 아니지요.
저는 헌 옷을 팔 때 보따리째
몽땅 다 팔아넘긴 겁니다.

그러니까 그 속에 뭐가 더 들어 있건
그건 이미 제 것이 아니지요!
새로 산 사람의 것이 아니겠습니까?"

"아, 그도 그렇군.
모두 한꺼번에 팔아넘겼으니까,
보따리 속에 들어 있는 것도
당신의 것이 아니겠구만."

"그러니까 옷 속에 들어 있던 동전도,
헌 옷을 산 사람이 가져야 마땅하겠지요?"

"암, 그렇고말고! 당신이 다 팔아 버렸으니까
그 동전도 헌 옷을 산 사람이 가져야 되겠군."

랍비는 두 사람의 말을 들으면서 두 사람의 말이 모두
옳다고 했다.
그러자 헌 옷을 팔고 산 사람들은 랍비 앞에서 다시
자기들의 주장을 내세우기 시작했다.

"분명히 나는 헌 옷만 샀지
동전은 산 적이 없어요. 그러니까
이 돈은 당신이 가지시오."

"어허, 아니라니까!
나는 헌 옷과 함께 그 속에 들어 있는 걸
모두 팔았으니까 그 동전을 받을 수 없소.
그건 당신 것이오."

두 사람은 서로 동전을 가져가라고 다투었다.
랍비는 두 사람의 그런 모습을 한참 바라보다가 그들에게
물었다.

"당신에게는 아들이 있소?"

"없습니다, 저는 외동딸뿐입니다."

랍비는 두 번째 사람에게 물었다.

"당신에게도 딸이 있소?"

"아니오, 제게는 아들이 있습니다."

"오, 그렇다면 아주 잘 되었구려.
한 사람에게는 아들이 있고,
또 한 사람에게는 딸이 있으니까,
두 사람을 결혼시키시오.
그리고 이 동전을 모두 그들에게 넘겨 주시오."

마침내 랍비의 판결이 내려졌다.
두 사람이 돌아간 뒤 랍비는 알렉산더 대왕에게 물었다.

"대왕의 나라에서는 이런 일이 있을 경우,
어떤 판결을 내리십니까?"

그러자 알렉산더 대왕은 조금도 망설이지 않고 이렇게
대답했다.

"아, 그거야 간단하지.
우리 나라에서는 그런 일이 있을 경우
고민할 필요가 전혀 없다.

두 사람을 다 죽이고
돈을 내가 가지면 되기 때문이다.
그것이 우리 나라의 법이니라."

....

이 이야기는 유태인들의 습관(習慣)과 신용(信用)을 말하고 있다.
그들은 계약하기는 어렵지만 한번 계약하면 틀림없이 약속을 지킨다는
철저한 신용으로 살아가기 때문에 유태인 중에는 세계적인 부자가
참 많다.

거미와 모기에게서도

옛날, 이스라엘에 다윗이라는 용감한 왕이 있었다.
다윗 왕은 평소에 장소를 가리지 않고 아무 곳에나 함부로
줄을 치는 거미를 아주 싫어했다.

"거미는 정말 지저분한 곤충이야.
여기저기 더러운 거미줄이나
쳐 놓으니 정말 아무 짝에도
쓸모없는 골칫덩어리지!"

그런데, 한때 다윗 왕은 이웃 나라의 침입을 받아서
작은 성에 갇힌 적이 있었다.
군사의 숫자도 턱없이 모자라고 적군의 포위망은 점점
좁혀져 왔다.

'이거 어떡한다? 할 수 없다.
우선 어디고 적의 눈을 피할 수
있는 곳을 찾아 숨어 있을 수밖에.'

다윗 왕은 한밤중에 몰래 동굴 속으로 몸을 피했다.
그리고 동굴 안에서 동굴 입구를 뚫어지게 바라보고
있는데, 한 마리의 거미가 나타나 동굴 입구에다 거미줄을
치기 시작하였다.

'어? 지저분한 거미가 어디서 왔지?'

다윗 왕의 눈총에는 아랑곳없이 거미는 동굴 입구에
얼기설기 거미줄을 치고 모기나 파리, 나비 등 먹이가
걸려들기를 기다리고 있었다.
그 때 성을 함락시킨 적군들이 도망친 다윗 왕을 잡기
위해 철저한 수색을 펼쳐 왔다.

'아, 적군들의 말 소리가 점점 가까워지는구나.'

다윗 왕은 다가오는 발자국 소리에 마음을 졸이며 숨을

죽였다.
드디어 다윗 왕이 숨어 있는 동굴 입구에까지 적국의 병사들이 다가왔다.

'아, 인제 끝장이로구나.
동굴로 들어오기만 하면 발견될 테니까!'

다윗 왕이 눈을 감는 순간, 밖에서 병사들의 말 소리가 들렸다.

"이봐, 동굴 속엔 들어가 볼 필요도 없겠네.
이 거미줄을 봐."

"아, 그렇구만. 사람이 들어갔다면
이런 거미줄이 그대로 있을 리 없지.
어서 돌아가세."

적국의 병사들은 동굴 입구에 거미줄이 쳐져 있는 걸 보고는 그냥 돌아가 버렸다.

'오, 한 마리의 거미가 나를 살렸도다!
아무 짝에도 쓸모없다고 그렇게 구박을 했었는데,
내 말이 무색하게 되었도다!'

또 한 번은 다윗 왕이 적군 대장의 칼을 몰래 훔치려고
한 적이 있었다.
그 이유는 대장의 칼을 몰래 훔쳐다가 다음 날 적군
대장을 만나서 이렇게 말하기 위해서였다.

"이 칼을 보시오.
나는 장군의 칼을 몰래 가져왔소.
만약 내가 장군을 죽일 마음만 있었다면
얼마든지 죽였을 것이오.
그러니까 이대로 물러가시오."

그러나 기회는 좀처럼 찾아오지 않았다.
그런데 어느 날, 한밤중에 다윗 왕은 겨우 적군 대장이
잠들어 있는 침실까지 숨어 들어가는 데 성공했다.
그런데 적장은 발밑에 칼을 깔고 잠들어 있었다.

'흠, 조심성이 대단하구나.
칼을 빼내려고 하면 적장이 잠을 깰 것 같고,
적장을 죽인다면 지키는 병사가 눈치채어
달려들 것 같고. 어쩌면 좋지……?'

마음을 정하지 못한 다윗 왕은 칼을 훔치려던 계획을
포기하고 그냥 돌아가려고 했다.
바로 그 때였다. '앵' 하고 모기 한 마리가 날아오더니
적장의 발 위에 앉았다.

"아이쿠, 간지러워."

모기에 물린 적장은 잠결에 무의식중에 발을 움직였다.
그 순간 다윗 왕은 재빨리 적장의 칼을 훔쳐 낼 수 있었다.

…………………

탈무드에 실린 이 이야기는 세상(世上)에 있는 그 무엇이든간에
쓸모없는 것은 없다는 것을 강조하고 있다.
아무리 하찮은 것이라 해도 소홀히 취급하지 않는다면 언젠가는
그 하찮은 것이 큰 도움을 줄 수도 있다는 것이다.

"네."와 "아니오."

말과 행동이 진실하기로 소문난 매우 훌륭한
랍비가 한 분 있었다. 그는 옳지 못하다고 생각하면
자기가 큰 손해를 입을지라도 절대로 하지 않았다.
언제나 친절하고 상냥할 뿐만 아니라 진심으로 이웃을
사랑하고 아껴서 모든 사람들로부터 존경을 받았다.

그는 또 신앙심이 뛰어나서 하나님을 극진히 공경하였다.
길을 걸을 때는 자칫 잘못해서 한 마리의 개미라도 밟을까
조심해서 살피며 걸었다. 하나님께서 창조하신 것이면
그 아무리 보잘것 없는 것이라 해도 함부로 해쳐서는
안 된다고 생각했기 때문이다.
그래서 그에게서 공부를 배우는 제자들도 스승을 더없이
존경하고 따랐다.
평생을 그렇게 고고하게 살아 온 랍비가

어느덧 여든 살이 되었다.
어느 날, 갑자기 랍비의 건강이 나빠졌다.

'오, 인제 몸이 내 마음대로 되지 않는구나.
내 나이가 여든이니 인제 죽을 때가 가까웠구나.'

몸에 깊은 병이 들자, 랍비는 자기가 죽을 날이 멀지
않았다는 것을 깨닫게 되었다.
하루는 많은 제자들이 머리맡에 둘러앉아 스승을
걱정스레 지켜보고 있는데, 돌연 랍비가 눈물을 흘렸다.
깜짝 놀란 제자들이 물었다.

"랍비님, 왜 우십니까?
선생님께서는 단 하루도 게으름을
피운 적이 없었던 분이십니다.
평생토록 학문에 정진해 오셨고,
정성껏 저희들을 지도해 오셨습니다.
그 깊은 인격은 이 나라 안에 이미
널리 퍼져 있을 정도입니다.
가난한 사람들을 위해 많은 자비를

베풀어 오셔서 백성들이 가장 존경하는
분이 아니십니까?
신앙심이 깊으셔서 하나님을 가장
극진히 섬겨 온 분도 랍비님이십니다.
게다가 선생님께서는 일생 동안
나쁜 세계에는 단 한 번도
발을 들여놓은 적이 없으십니다.
그렇게 훌륭한 삶을 살아 오신 선생님께서
지금 왜 이렇게 눈물을 흘리십니까?
저희들은 그 이유를 짐작할 수가 없습니다."

랍비는 제자들의 말에 이렇게 대답했다.

"그래서 내가 울고 있는 거라네.
나는 마지막 순간 내 자신에게……

'너는 열심히 학문을 닦았는가?
하나님께 기도했는가?
이웃에게 자선을 베풀었는가?
행실 바르게 살았는가?'

하고 묻는다면, 나는 그 물음에
'네.' 하고 대답할 수 있다네. 그러나

'너는 가난하고 어려운 사람들의
생활을 몸소 겪어 봤는가?
함께 느껴 봤는가?'

라고 묻는다면 나는
'아니오.' 라고 대답할 수밖에 없다네.
나는 이 점이 슬퍼서
이렇게 눈물을 흘리며 운다네."

....

아무리 인격(人格)이 뛰어난 훌륭한 랍비라고 해도 스스로 돌이켜볼 때 부족한 부분은 있었다는 이야기이다.
이 이야기를 통해 사람은 완전한 삶을 살 수는 없다는 것을 알 수 있다.
오늘 나의 부족(不足)한 점은 어떤 게 있을까? 부족한 부분을 날마다 다듬어 나간다면 보다 훌륭한 사람이 될 수 있을 것이다.

진실과 거짓

옛날 유태라는 나라에 지혜와 총명이 세상에서 가장 뛰어나, 지혜의 왕으로 알려진 솔로몬 왕이 있었다. 하루는 솔로몬 왕에게 두 여자가 한 아기를 데리고 찾아왔다.

"무슨 일이냐?"

"네, 임금님. 임금님께서 부디
재판을 좀 해 주시옵소서."

솔로몬 왕은 고개를 끄덕였다.
두 여자의 표정이 예사롭지 않았기 때문이다.

"그래, 무슨 일인지 사실대로 말해 보아라."

솔로몬 왕의 말에 한 여자가 앞으로 나서며 말했다.
흥분으로 볼이 빨갛게 상기되어 있었고 목소리도
카랑카랑했다.

"임금님, 이 아기를 보십시오.
바로 제가 낳은 아기입니다.
그런데 저 여자는 자기의 아기라고
계속 우기고 있습니다. 이런
해괴망칙한 일이 세상에 또
어디 있겠습니까?
부디 지혜로우신 임금님께서
현명한 판단을 내려 주십시오."

그 여자의 말에 같이 온 다른 여자가 목소리를 높였다.

"오, 말도 안 되는 소리입니다.
임금님, 이 아기는 분명히 제가 낳은
제 아기입니다.
하늘이 내려다보고 있는데
어쩜 저렇게 무서운 거짓말을 할 수 있을까요?

제 아기를 찾아 주십시오."

"흐음, 한 아기에 어머니가 둘이라고?"

솔로몬 왕은 골똘히 생각에 잠겼다.
잠시도 조용히 있지를 못하며, 두 여자는 계속
서로 자기가 어머니라고 우기며 다투었다.

"어허, 말을 그치고 조용히 하시오.
지금부터 내가 묻는 말에 정직하게
대답하도록 하오.
그러면 내가 진실을 밝혀 주겠소."

솔로몬 왕은 두 여자에게 여러 가지를 질문하기 시작했다.
모두가 아기와 관계 있는 질문들이었다.
그러나 대답이 하나같이 똑같이 들어맞았기 때문에
그 질문으로는 친어머니를 구별해 낼 수가 없었다.

"음, 그렇다면 같은 마을에 사는
마을 사람들을 불러 오도록 해라."

솔로몬 왕은 두 여자가 살고 있는 마을 사람들을 불러서
이것저것을 물어 보았다.
그러나 그것으로도 아기의 친어머니가 누구인지
가려 낼 수가 없었다.
왜냐 하면 두 여자는 같은 집에 살고 있는데다가, 같은 날
같은 시간에 아기를 낳았기 때문이었다.
그런데 갓 태어난 아기 중 한 아기가 죽자, 죽은 아기의
어머니가 아기를 바꿔치기해 버린 것이다.
이 사실을 본 사람이 아무도 없었기 때문에 좀처럼
가려 낼 수가 없었다.

마침내 솔로몬 왕은 이런 판결을 내렸다.

"여봐라, 커다란 칼을 가져오너라!"

"네, 임금님."

병사들이 곧 큰 칼을 솔로몬 왕 앞에 가져왔다.
그러자 솔로몬 왕이 거침없이 말했다.

"어서 이 칼로 아기를 반으로 자르거라.
공평하게 반으로 잘라서 두
여인에게 나누어 주어라!"

솔로몬 왕의 명령에, 주위에 있는 사람들은 소스라치게
놀랐다.

"네? 아기를요?"

아기의 어머니들도 얼굴이 새파랗게 질렸다.
솔로몬 왕은 병사들을 다그쳤다.

"무얼 하고 있느냐?
어서 아기를 반으로 자르라니까!
당장 거행하지 못할까!"

"네, 이, 임금님."

병사들이 칼을 들고 아기를 반으로 자르려고 여자들에게
다가갔다.

아기를 안고 있던 여자가 병사들에게 아기를 내어 주며
이렇게 말했다.

"정말 임금님은 공평하시고 지혜로우십니다."

그러자 다른 한 여자가 솔로몬 왕 앞에 꿇어 엎드리며
울부짖었다.

"임금님! 제발 아기를 죽이지 마세요.
제가 포기하겠습니다.
아기를 저 여자에게 주세요!
제발 살려만 주세요!"

여자의 말에 솔로몬 왕이 빙그레 웃으며 부하들에게
명령했다.

"여봐라, 이 여인에게 아기를 돌려 주어라,
아기의 친어머니이니라."

모든 사람들의 눈이 휘둥그래졌다.

"아기의 생명을 진정 사랑하는 사람이
친어머니가 아니겠소?
어서 아기를 데리고 돌아가시오."

"오, 임금님!"

아기를 찾은 어머니의 눈에서 하염없는 기쁨의 눈물이
흘러내렸다.

아기의 친어머니라면, 아기에 대한 사랑이 누구보다도
클 것이고, 아기를 죽이느니 차라리 아기를 포기하더라도
아기의 생명을 구하려 했을 것이라는 게 솔로몬 왕의
판단이었던 것이다.

....

유태인들은 일의 시비가 붙었을 때, 랍비에게 찾아와서 재판(裁判)을
요구한다. 그러면 랍비는 모든 이야기를 차분히 다 듣고 나서 진실과
거짓을 가려 내어 재판을 하게 된다.
솔로몬 왕은 어떻게 이처럼 지혜로운 판결을 내릴 수 있었을까?
그것은 유태인의 오랜 관습 덕분이었다.
유태인들은 소유자를 가려 낼 수 없을 때에는 그 물건을 반씩 나누어
갖는 관습(慣習)이 있었다.

머리와 꼬리

어느 수풀에 뱀 한 마리가 있었다.
뱀은 움직일 때 항상 머리가 앞서서 나가게 마련이다.
머리가 움직이고 나서 그 다음에 꼬리가 뒤에서
끌려가듯이 따라간다.
그 점이 꼬리에게는 큰 불만이었다.

'내가 머리보다 못한 게 뭐람?
난 왜 만날 뒤에서 따라다녀야만 하지?
정말 짜증나 죽겠네.'

어느 날, 꼬리가 더 이상은 참을 수 없다는 듯이 머리에게
말했다.

"얘, 머리야, 잘 들어."

"응? 뭘?"

"나는 인제 더 이상 이렇게 안 살 거야.
참을 수 없다구.
태어나면서부터 나는 네 뒤만 졸졸 따라다녔어.
내가 가기 싫은 곳이라도 네가 가면 할 수 없이
네 종처럼 따라다녔단 말이야.
너는 언제나 네 생각대로, 네 마음대로 살아 왔어.
가고 싶은 데로 가고, 자고 싶은 데서 잤지.
우리는 한 몸뚱이에 붙어 있는데,
뭐 그렇게 너만 잘났니?
이렇게 불공평한 일이 어디 있냐구?
이제부턴 나도 내 마음대로 살 거야.
나는 네 노예가 아니니까 내 마음대로,
내가 가고 싶은 곳으로 가겠어."

그러자 머리가 놀란 눈을 하고 걱정스레 말했다.

"꼬리야, 그게 무슨 말이니?
너는 눈도 없고, 귀도 없잖아.

눈으로는 위험한 곳을 살피고,
귀로는 사나운 짐승들의
소리를 들으면서 가야 한단다.
그리고 무엇보다도 말이야,
네겐 생각하는 두뇌가 없잖아.
내가 바로 가건 돌아서 가건
그건 나 자신만을 위해서
그러는 게 아니야.
너와 나를 생각해서 안전한 길로 가는 거야.
그러니까 마음을 돌려."

머리의 말에 꼬리는 바락 화를 냈다.

"그런 거짓말 하지 마.
네가 나를 위한 게 뭐 있니?
아무튼 난 지금부터 너를 따라가지 않겠어.
난 내가 앞장서지 않으면
한 걸음도 꼼짝하지 않을 테니,
그렇게 알려무나. 흥!"

머리는 여러 가지 부드러운 말로 꼬리를 달랬지만
꼬리는 말을 듣지 않았다.
달래다 달래다 지친 머리는 한숨을 푹 내쉬며 말했다.

"후유, 정말 딱하구나.
네가 그렇게까지 말한다면 어쩔 수 없지, 뭐.
그럼 네가 앞장 서서 길을 인도해 보렴.
내가 네 뒤를 따를게."

머리의 말에 꼬리가 환호성을 지르며 기뻐하였다.

"고맙다, 머리야.
자, 그럼 날 따라오도록 해.
우리 신나게 돌아다녀 보자꾸나."
신이 난 꼬리는 앞장을 서서 먼저 앞으로 나아갔다.

"기분은 좋은데, 이거 눈이 없으니
뭐가 뭔지 통 보여야 말이지!"

그런데 얼마 가지 못해서 길을 잘못 들어 그만

시궁창에 빠지고 말았다.

"어이쿠, 냄새야!"

꼬리는 아무리 갖은 애를 써도 시궁창에서 빠져 나올 수가 없었다.
그래서 머리가 고생을 하며 방향을 찾은 끝에 꼬리는 간신히 시궁창에서 빠져 나올 수가 있었다.

"자, 인제 됐어. 내가 다시 앞장 서서 나갈게."

꼬리는 다시 앞장 서서 앞으로 가고 머리가 뒤를 따라갔다.
그러다가 그만 가시 덤불 속으로 들어가게 되었다.

"어이쿠, 아파라! 이게 대체 뭐지?"

날카로운 가시에 찔리면서 조금씩 앞으로 나갔으나, 꼬리는 마침내 가시 덤불에 갇혀 꼼짝할 수가 없었다.
꼬리는 또 머리의 도움을 받아 온몸에 피를 흘리면서 겨우 가시 덤불을 빠져 나오게 되었다.

"꼬리야, 인제 그만하고
내가 앞장 서면 어떻겠니, 응?
그게 안전하잖아?"

"흥, 무슨 소리!
내가 처음이라 그렇지 문제없다구!
이번엔 이런 일 없을 테니 믿고 따라오렴."

꼬리는 우쭐우쭐 고집을 피우며 앞장 서서 나갔다.
그러다가 이번에는 큰 불길 속으로 들어가게 되었다.

"엇! 뜨거워! 이게 웬 불이지?"

불길이 사방으로 번져나가, 뱀의 몸을 휘어감았다.

"빠져 나갈 수 있어! 빠져 나갈 수 있다구!"

그래도 고집스러운 꼬리는 이리저리 헤집으며 어떻게
해서라도 불길 속에서 빠져 나가려고 몸부림쳤다.
그러나, 도대체 어디로 가야 할지 앞이 보이지도 않고

아무 소리가 들리지 않으니 감조차도 잡을 수 없었다.

마침내 꼬리는 머리에게 도움을 청했다.

"에구구, 내가 잘못했어, 머리야.
제발 이 불길 속에서 나가는 길을 찾아 줘.
인제 언제나 네 뒤에만 따라다닐게."

"그래, 아, 알았어."

뜨거운 불길에 비명을 지르며 머리가 대답을 하였다.
머리가 무서운 불길 속에서 빠져 나오려고 기를 쓰고
노력했지만, 이미 때는 늦었다.
마침내 뱀의 몸 전체에 불이 붙어, 머리도 꼬리도
불에 타서 죽고 말았다.

....

눈이 하는 일, 입이 하는 일, 손과 발이 하는 일은 각각 다르다. 그걸 깨닫지 못하고 어리석은 고집만 피우면, 결국 모두 다 위험에 빠지게 되고 만다.
어떤 일을 하든 올바른 지도자(指導者)가 필요하며, 어리석은 지도자를 만나게 되면 모두 다 불행해진다. 그러므로 지혜롭게 판단하는 힘을 길러야겠다.

금화6천 개와도 바꿀 수 없는 것

옛날 이스라엘의 디마라는 곳에 한 사나이가 살고 있었는데,
매우 훌륭한 다이아몬드를 가지고 있었다.
어느 날, 랍비가 교회에 장식할 정교한 다이아몬드를
찾다가 이 사나이의 소식을 들었다.

"그래? 그렇게 훌륭한 다이아몬드를 갖고 있단 말이지?
그럼 내가 직접 가서 사 와야겠구나."

그 즉시 랍비는 사나이의 집으로 찾아갔다.
다이아몬드를 사기 위해 금화를 6천 개나 가지고 갔다.

"당신 집에 귀중한 다이아몬드가 있다고 해서
찾아왔소. 교회에 장식하고 싶은데, 그 다이아몬드를
내게 팔지 않으려오?"

사나이가 랍비에게 말했다.

"랍비님이 말씀하시니,
좋은 값을 쳐 주시면 팔겠습니다."

"금화 6천 개를 드리면 어떻겠소?"

사나이의 입가에 만족스러운 웃음이 피어났다.

"오, 금화 6천 개요? 좋습니다,
랍비님께 다이아몬드를 팔겠습니다."

"고맙소, 교회가 한층 더 아름다워질 것이오."

사나이는 다이아몬드를 넣어 둔 금고를 열기 위해
열쇠가 있는 아버지의 방으로 갔다.
금고의 열쇠를 아버지가 가지고 계셨기 때문이다.
아버지의 방에 들어갔다 나온 사나이는 아주 작은
목소리로 랍비에게 이렇게 말했다.

"랍비님, 죄송하지만 지금은 다이아몬드를
팔 수 없습니다."

랍비가 의아해하는 표정으로 사나이를 바라보았다.

"조금 전까지는 팔겠다고 하지 않았소?
그런데 지금은 팔 수 없다니!
왜 그러시오?"

랍비의 물음에 사나이는 한층 더 목소리를 낮춰 속삭이듯
말했다.

"랍비님, 실은 지금 아버지께서
주무시고 계셔서 그렇습니다."

랍비가 사나이에게 다시 물었다.

"그럼 그 다이아몬드가 아버지의 것이오?"

"아닙니다, 다이아몬드는 분명히 제 것이지요."

"그런데도 꼭 아버님의 허락을 받아야만 한단 말이오?"

"물론 그렇진 않습니다."

"영문을 모르겠구려. 그럼 대체 무슨 말이오?
아버지가 주무시기 때문에 다이아몬드를
팔 수 없다니요!"

사나이가 빙그레 웃으며 대답했다.

"네, 그건 금고의 열쇠를 아버지께서
베개 밑에 넣고 주무시고 계셔서 그럽니다."

"허, 그럼 잠깐만 아버님을 깨우면 되잖겠소?"

"그럴 순 없지요. 다이아몬드를
팔기 위해 곤히 주무시는
아버님을 깨울 수는 없습니다."

"이봐요, 금화 6천 개라면 엄청난 돈 아니오?

Gemstdne

당신은 큰 부자가 될 텐데 아깝지도 않소?"

그래도 사나이는 고개를 저었다.

"싫습니다, 랍비님. 아무리
큰 부자가 된다고 해도 주무시는
아버지를 깨울 수는 없습니다."

아무리 사정을 해도 듣지 않자 랍비는 할 수 없이
금화 6천 개를 가지고 가 버렸다.

효도(孝道)라는 덕목은 전세계 어느 민족에게 있어서나 공통된 것이다.
큰 부자가 될 수 있는데도 불구하고 주무시는 아버지를 깨우지 않은
사나이의 마음씨, 이것이 바로 부모님에 대한 참된 효도이다.
시대가 바뀌어서 효도하는 방법에는 조금씩 차이가 있지만,
위하고 받드는 애틋한 마음은 영원(永遠)히 변하지 않을 것이다.

당나귀와 다이아몬드

옛날에 지지리도 가난한 랍비 한 사람이 있었다.
그 랍비는 매일 산에 올라가서 나무를 해다 장에
내다팔아서 근근히 살아나갔다.
그러다 보니 공부할 시간이 모자라서 매우 안타까웠다.
랍비는 나무 판 돈으로 조금씩 저축해서 당나귀 한 마리를
사기로 했다.

'당나귀만 한 마리 있으면 퍽 도움이 될 거야.
지금보다 나무도 더 많이 할 수 있고,
또 시장에 나무를 팔러 가는 시간도
절약되니까 말이야.
그럼 공부할 시간도 더 많이 가질 수 있겠지?'

랍비는 저축한 돈이 상당히 모아지자, 바라던 대로

장터에서 아랍 인에게서 당나귀를 한 마리 사게 되었다.
랍비가 당나귀를 마련하게 되자 제자들도 기뻐했다.

"랍비님, 당나귀 목욕은 저희가 시키겠습니다.
아주 깨끗하게 씻겨 오겠습니다."

제자들은 당나귀를 냇가로 끌고 가서 맑은 물로 깨끗이
씻어 주었다.
그런데, 당나귀의 목에 걸린 방울을 닦던 제자가 반짝이는
하얀 물건을 들어 보이며 소리쳤다.

"이보게들, 이것 좀 보게! 이게 뭔가?"

친구들이 목을 길게 빼고 하얀 물건을 들여다보았다.

"다이아몬드다, 다이아몬드야!"

"다이아몬드 중에서도
이건 최고로 좋은 다이아몬드인걸!
이게 어디서 났지?"

"응, 목에 걸린 방울 속에 들어 있었어."

"정말 잘 됐다. 이 다이아몬드만 있으면
우리 랍비님이 앞으로 나무를
하시지 않아도 되겠어."

"정말 그래, 아주 값비싼 다이아몬드니까
팔면 큰돈을 받을 수 있을 거야."

"그럼 랍비님은 편히 공부만 하시니까,
우리들을 가르칠 시간도 많아지시겠지?"

제자들은 좋아하며 헐레벌떡 랍비에게 달려왔다.

"랍비님, 당나귀 방울 속에서
이런 다이아몬드가 나왔습니다.
랍비님은 이제 부자가 되셨어요!"

제자들의 말을 들은 랍비는 아무렇지도 않은 얼굴로
이렇게 말했다.

"그래? 그런 게 들어 있었어?
그렇다면 얼른 가서 당나귀를
판 아랍 상인에게 돌려 드리고 오너라."

"랍비님, 이 당나귀는
랍비님이 사신 게 아닙니까?"

"내가 샀지. 하지만 당나귀는 샀지만
다이아몬드를 산 기억은 없다네.
그러니까 그건 내 것이 아니야."

"아닙니다, 랍비님.
이 다이아몬드가 랍비님이
사신 당나귀에게서 나왔으니까
그냥 가지셔도 될 겁니다."

"거, 무슨 소리!
내가 산 것은 당나귀뿐이니
다이아몬드까지 가질 순 없어."

다음 날, 일찍 랍비는 아랍 상인을 찾아가서 다이아몬드를 돌려 주었다.
그러자 아랍 상인은 랍비에게 물었다.

"다이아몬드가 당나귀 방울에
들어 있을 줄은 나도 몰랐습니다.
당신이 그 당나귀를 샀고,
이 다이아몬드는 당나귀에
붙어 있던 물건 속에 있었으니까
그냥 가져도 될 텐데, 왜 가져오셨습니까?"

랍비는 이렇게 대답했다.

"우리 유태인의 전통입니다.
우리의 전통에는 자기가 값을
치른 물건만 갖게 되어 있습니다.
다이아몬드 값을
지불하지도 않은 내가 이걸
가질 수는 없습니다."

랍비의 말에 아랍 상인은 크게 감동해 고개를 숙이며 말했다.

"정말 당신이 믿는 하나님은
위대하신 분이십니다."

....

정직한 유태인을 통해 그가 믿는 하나님이 영광을 받게 되는 것을 보게 된다. 신앙적(信仰的)인 교리가 훌륭해서라기보다도, 그 신앙을 지닌 사람들의 살아가는 모습이 아름답고 훌륭해서 빛이 나는 경우가 많이 있다.
그러므로 진정한 신앙인이라면 자기의 삶의 모습을 진지하게 검토(檢討)하고 점검해 봐야 한다.

가장 소중한 재산

드넓은 바다에 큰 배가 유유히 항해를 하고 있다.
배 안에는 가지 각색의 옷을 입은 수많은 사람들이
한가로운 표정으로 여행을 즐기고 있다.
그 배는 고급 여행선이었기 때문에 대부분의 승객들은
모두 부자였다.
호화로운 옷에다 번쩍이는 온갖 보석으로 치장한 모습만
봐도 그들이 내로라하는 세계적인 부자들이라는 것을
짐작할 수 있었다.

"이번에 난 우리 집을 두 배로 넓혔다오.
아무래도 좀 좁은 것 같아서 말이오."

"아이고, 욕심이 너무 지나치십니다.
정원의 끝이 안 보일 정도로 넓은

그 저택이 좁다니요?"

"그래도 역시 집은 큰 것이 시원하고 좋습디다.
가슴이 아주 탁 트이는 게 살 만해요, 하하하."

은근히 자신의 재산을 자랑하는 말들이 사방에서
오고 간다.

이렇게 모두들 자신의 많은 재산을 뽐내는 틈 속에서
아무 말 없이 조용히 앉아 있는 한 사람이 있었다.

허름한 차림의 이 사람만은 부자들의 이야기에 끼여들지
않고 그냥 조용히 듣기만 할 뿐이었다.
그는 랍비였다.
정원의 끝이 안 보이는 넓은 저택에서 산다는 부자가
랍비에게 물었다.

"당신은 누구시오?
왜 아무 말씀도 안 하시오?
배를 탄 이후 지금까지 입을

꾹 다물고 있는데,
당신에게도 재산이 있소이까?"

부자의 거만한 물음에 랍비가 빙긋이 웃으며 대답했다.

"그럼요, 내게도 꽤 많은 재산이 있지요."

그러자 여러 부자들의 관심어린 눈길이 한꺼번에
랍비에게 쏠렸다.
그 눈들은 호기심으로 가득 차 있었다.

"허, 그래요? 재산이 얼마나 됩니까?
저택은 어떤 풍의 건물이죠?"

"그런데, 그렇게 재산도 있는 사람이
왜 이다지도 허름한 옷을 입고 여행을 하지요?"

부자의 그 질문에 랍비는 별다른 대답을 하지 않았다.

"우리들은 모두 나라에서

손꼽을 만한 큰 부자들입니다.
당신의 재산은 어느 정도인지요?"

궁금해 못 견디겠다는 듯한 부자들의 물음에 랍비는
서슴없이 대답했다.

"네, 아마도 이 배에 탄 모든 사람들 중에서,
내가 가장 부자가 아닐까 생각합니다만……."

랍비의 말에 부자들의 눈이 한꺼번에 휘둥그래졌다.

"아, 그렇습니까? 그렇게 큰 부자입니까?"

"대체 당신의 집은 얼마나 큽니까?
당신의 재산은 얼마나 되지요?"

자기가 제일인 듯 재산 자랑을 하던 사람들은 조금 풀이
죽은 목소리로 물었다.

"내 재산은 딱 얼마라고 지금 공개할 수 없습니다.

그러나 여러분도 언젠가는 내가 여러분보다
분명히 더 부자라는 것을 알게 될 것입니다."

랍비의 말에 부자들은 코웃음을 치며 빈정거렸다.

"천만에! 그럴 리가 없소.
당신이 부자라는 건 터무니없는 거짓말일 게요."

그런데 배가 바다 한가운데로 들어섰을 때, 갑자기
해적들이 이 배를 습격했다.
해적들은 부자들이 가지고 있던 모든 귀중품을 깡그리
빼앗아 가 버렸다.
심지어 부자들이 입고 있던 호화로운 옷까지도 벗겨 갔다.
해적들이 배 안에 있던 모든 것을 가져가 식량이 떨어진
배는 더 이상 항해할 수 없어서 가장 가까운 낯선 항구에
닻을 내렸다.
모두들 너무나 배가 고팠다.

"이거, 뱃가죽이 등에 붙어 버렸소이다.
돈 한푼도 없고, 돈이 될 문서도 하나 없으니

어떻게 먹을 것을 구하면 좋겠소?
그렇다고 거지처럼 구걸하며
살 수도 없는 일 아니겠소?"

"일단 각자 흩어져 살 길을 찾아봅시다.
많은 사람들이 함께 몰려 다니면
오히려 곤란한 일이 생길 테니까 말이오."

"좋소, 그렇게 합시다."

그들은 여기저기 뿔뿔이 흩어져 일자리를 찾기로 했다.
그러나 부자로 손 하나 까딱 안 하고 살던 사람들에게
특별한 기술이나 재주가 있을 리 없었다.
그들은 그저 맨 밑바닥 일인 짐꾼이 되거나 남의 집
잔심부름을 해 주면서 겨우겨우 끼니를 이어 갔다.
한편 랍비는 그 고장의 학교를 찾아갔다.

"어떻게 오셨는지요?"

"네, 저는 랍비입니다.

학생들을 가르치고 싶어서 왔습니다."

교장 선생님과 그 마을 주민들은 랍비의 학문과 지식을 시험해 보았다.
랍비의 막힘없는 해박한 지식에 모두들 놀라서, 이 랍비야말로 그 고장에 사는 어느 누구보다 학문과 지식이 깊다는 것을 알게 되었다.

"랍비님, 당장 오늘부터
우리 학교의 학생을 가르쳐 주십시오."

그 날부터 랍비는 모든 사람들의 존경을 받으며 학생들을 가르치게 되었다.
얼마 후, 거리를 걷던 랍비는 지난날 함께 여행을 했던 부자들을 만났다.
그들에게서는 부자였던 옛날의 호화로운 모습은 찾을 길이 없었다.
모두가 후줄근한 옷에 가난뱅이 티가 뚝뚝 흐르는 형편없는 차림이었다. 그저 하루하루 굶지 않고 살 수 있다는 것만을 다행으로 여기고 있었다.

그들은 랍비를 보자 머리가 땅에 닿도록 숙였다.

"랍비님, 그 때의 당신 말씀이 옳았습니다.
지식을 가지고 있다는 것은 이 세상의 모든 것을
가진 것이나 마찬가지로군요.
당신이 세상에서
제일 부자입니다."

....

세상에서 이름을 떨치던 큰 부자(富者)도 사업에 실패하면 하루 아침에
빚더미 위에 앉아 거지가 되고 만다.
그러나 지식은 그 누구에게도 결코 빼앗기는 일 없이 안전한 재산이다.
그렇기 때문에 잃어버릴 수 있는 재물보다는 잃어버리지 않는 지식을 쌓아
주는 교육이야말로 이 세상에서 가장 값진 투자(投資)이다.

랍비 히레르

랍비 히레르는 탈무드에 나오는 세 명의 뛰어난 랍비
가운데 한 사람이다.
그는 2천여 년 전 바빌로니아에서 태어났다.
스무 살이 되었을 때 히레르는 이스라엘로 돌아와서
두 사람의 훌륭한 랍비에게서 배웠다.
당시 이스라엘은 로마의 지배 아래 있었기 때문에
유태인들의 생활은 말할 수 없이 비참했다.
히레르 역시 먹고 생활을 하기 위해 닥치는 대로 일을
했지만, 고작 하루에 동전 한 닢 정도밖에 벌 수가 없었다.

'음, 아무리 어려워도 수업료부터
챙겨 놔야지.
동전 한 닢의 반만 생활비로 사용하고
나머지 반은 수업료로 써야겠어.'

그런데 어떤 날은 그나마 일도 없어서 동전 한 닢조차 벌지 못할 때가 있었다.

'내가 하루쯤 굶는 것은 괜찮은데,
단 하루라도 수업을 받지 않고는
견딜 수가 없는걸. 어떡한다……?
수업료를 못 냈으니 교실에 들어갈 수는 없고……
그래, 그렇게라도 해서 선생님의 말씀을 듣자.'

히레르는 남몰래 교실의 지붕 위로 올라가서 굴뚝에 귀를 바짝 대었다.
그러자 교실에서 흘러나오는 선생님의 말씀이 작게나마 들려 왔다.

"야, 들린다! 선생님의 말씀이 들려!"

수업료가 없는 날이면 지붕에 올라가서 강의를 듣곤 하던 히레르는 어느 추운 겨울 밤, 그만 지붕 위에서 굴뚝에 귀를 댄 채 잠이 들어 버렸다.
다음 날 아침, 학생들은 다른 날과 마찬가지로 수업을

받기 위해 교실에 모였다.
그런데 무슨 까닭인지, 교실 안이 평소보다 어두웠다.

"선생님, 교실 안이 너무 어두워요."

"글쎄, 무슨 일이지?"

모두가 천장을 올려다보니까 지붕의 창에 사람이 엎드려 있는 게 얼핏 보였다.
그는 이슬로 온몸이 흠뻑 젖은 채 잠들어 있는 히레르였다.

"아니, 이럴 수가! 히레르! 히레르!"

그 다음부터 히레르는 수업료를 면제받게 되었다.
그리고 이 일이 계기가 되어 얼마 후에는 유태의 모든 학교에서 수업료를 한 푼도 받지 않게 되었다.

그 후, 유태인들은 가난해서 공부를 계속할 수 없다는 사람이 있으면, 이런 질문을 하게 되었다.

"당신은 히레르보다 더 가난합니까?"

랍비 히레르는 뒤에 랍비의 우두머리인 대제사장이
되었을 뿐만 아니라, 그의 훌륭한 이야기는 오늘날까지도
전해져 오고 있다.

어느 날, 장난을 좋아하는 사람들이 모여서 히레르를 놓고
내기를 했다.

"히레르를 화나게 할 수 있느냐, 없느냐?"

그 날은 유태의 안식일 전날인 금요일이었기 때문에
히레르는 집 안 목욕실에서 몸을 씻고 있었다.

그 때 히레르를 화나게 하겠다고 큰소리친 사나이가
대문을 쾅쾅 두드렸다. 히레르는 젖은 몸을 닦고 옷을
챙겨 입고 나와서 문을 열었다.
무슨 급한 일이 있는 듯이 생각되었기 때문이다.
그러나 문을 두드린 사나이는,

"랍비님, 사람의 머리는 왜 둥급니까?"

하는 엉뚱한 질문을 했다.
히레르는 친절하게 대답을 해 주고 다시 목욕실로 들어갔다.

두 번째로 그 사나이가 다시 문을 두드렸다.
히레르가 물기를 닦고 옷을 입고 나오자 그 사나이는
이렇게 물었다.

"랍비님, 검둥이는 왜 살빛이 검습니까?"

이번에도 히레르는 사나이의 질문에 화내지 않고 자세히
대답해 주고 다시 목욕실로 들어갔다.

이런 어처구니없는 일이 무려 다섯 번이나 계속되었다.
그런데도 히레르는 번번이 몸의 물기를 닦고 옷을 입고
나와서, 사나이의 말도 안 되는 같은 질문에 정성껏
대답을 해 주곤 했다.
사나이는 아무리 약을 올려도 히레르가 화를 내지 않자,
오히려 자기가 화를 발칵 내고 말았다.

"랍비님! 당신 같은 사람은
차라리 없는 게 더 좋았을 뻔했습니다.
나는 당신 때문에 내기에서 큰돈을
잃게 되고 말았으니까요."

그러자 히레르는 여전히 친절한 태도로 이렇게 말했다.

"내가 인내심을 잃는 것보다
당신이 돈을 잃는 편이 더 낫지 않겠소?"

…………………

훌륭한 사람들은 대부분 자기 마음을 잘 다스린다. 함부로 화를 내지도 않고, 성급히 행동하고 나서 후회(後悔)하지도 않는다.
번거롭고 짜증이 날 만한 일에도 쉽게 짜증을 내지 않는 사람은 자기의 마음을 잘 다스린다고 할 수 있다.
기쁘고 슬픈 것은 모든 사람의 마음의 작용(作用)이다. 마음을 잘 다스리면 누구나 참기쁨을 누릴 수가 있게 된다.

하나님이 맡긴 보석

랍비 라이어가 안식일에 교회에서 설교를 하고 있을 때였다.
그런데 하필 바로 그 시간에, 그의 집에서 놀고 있던
어린 두 아들이 갑자기 죽었다.
랍비의 아내는 두 아들의 시체를 이층으로 옮긴 다음,
하얀 천으로 덮어 놓았다.
그리고 교회에서 설교를 하고 있는 남편에게,
두 아들의 죽음을 어떻게 알려야 할지 걱정이 되었다.
랍비가 집에 돌아오자 아내는 이렇게 말했다.

"여보, 당신에게 한 마디 물어 볼 말이 있어요."

"오, 무슨 말인지 물어 보구려."

"오래 전에 어떤 분이 제게

잘 간수해 달라면서 아주 값진 보석을
맡겼답니다. 그런데 그분이 갑자기 나타나서
맡겨 둔 보석을 내달라고 하시는군요.
어떻게 해야 좋을까요?"

랍비 라이어는 그런 쉬운 질문이 어디 있느냐는 표정으로
아내에게 대답했다.

"아, 그렇게 쉬운 일이 어디 있소?
주인이 달라면 줘야 하는 게 당연하지 않소?"

아내가 남편의 말에 고개를 끄덕이며 되물었다.

"그렇죠? 주인이 돌려 달라고 하면
돌려 주는 게 옳은 일이겠죠?"

"아, 그럼 당연하지요.
당장 주인에게 돌려 주도록 하구려."

그러자 아내는 비로소 두 아들의 갑작스러운 죽음을

털어놓았다.

"여보, 실은 말예요,
당신이 교회에서 설교를 할 때,
하나님께서 우리들에게 맡겨 두셨던
두 개의 값진 보석을 하늘 나라로
다시 가져가셨답니다."

"응? 뭐, 뭐라고……?"

랍비는 두 아들의 죽음이 그지없이 슬펐지만, 마음을
다스리며 조용히 참아 냈다.

……………………

부모(父母)에게 있어서 가장 슬픈 일은 자식의 죽음을 보는 것이다.
만일 랍비의 아내가 슬픔을 못 이겨 통곡하면서 울부짖었다면 랍비의
마음은 어땠을까?
지도자로서의 위치를 잃어버린 채 괴로움으로 방황(彷徨)했을지도 모른다.
슬기로운 아내 덕분에 랍비는 자식들의 죽음을 담담히 받아들일 수 있었다.
말은 이처럼 사람의 마음을 움직이는 큰 힘을 가지고 있다.

누구의 힘이 강한가?

어떤 나라에 임금님이 중병에 걸려 몸져눕게 되었다.
그 병은 그 때까지 전혀 알려져 있지 않은 새로운 병이었다.

'대체 병을 알아야 치료를 할 게 아닌가?
정말 난처하기 짝이 없구나.'

많은 의사들이 찾아와서 진찰을 했지만, 도무지 치료
방법을 찾아 내지 못하였다.
하루하루 임금님은 더 쇠약해져 갔다.
어느 날, 임금님은 이 세상에서 가장 뛰어나다는 의사를
불러서 진찰을 받았다.

"어떻소? 고칠 수 있겠소?"

임금님의 목소리는 기운이 없어서 떨려 나왔다.
그러자 의사는 밝은 표정으로 자신만만하게 대답했다.

"아무 걱정 마십시오.
대단히 드문 병이긴 하지만,
암사자의 젖을 드시면 곧 나으실 수 있습니다.
임금님은 나으실 수 있답니다."

"오, 정말이오? 그 말을 믿어도 되겠소?"

의사의 말에 임금님은 자리에서 벌떡 일어나 앉으며
기뻐했다. 그러나 사납기로 소문난 그 암사자의 젖을
어떻게 구하느냐가 큰 문제였다.
생각다 못한 임금님은 온 나라에 포고령을 내렸다.

'누구든지 암사자의 젖을 구해 오는
사람에게는 큰 상을 내리겠노라.'

온 나라 안의 사람들은 임금님의 상이 탐나기는 했지만,
사람을 잡아먹는 무서운 암사자로부터 어떻게 젖을

짜내야 할지 좋은 방법이 생각나지 않았다.
그 때 시골에 살고 있던 한 지혜로운 사나이가
이 포고령을 들었다.

"좋아, 내가 꼭 암사자의 젖을 구해서
임금님의 병도 고쳐 드리고, 상도 받아야지."

사나이는 먼저 암사자가 살고 있는 동굴을 찾아 냈다.
그리고는 다른 먼 곳에서 새끼사자를 몇 마리 구해 왔다.
그런 다음, 이 사나이는 사자가 살고 있는 동굴 근처까지
가서 새끼사자를 한 마리씩 어미사자에게 주었다.

시간이 지나면서 사나이는 어미사자와 조금씩 친해졌다.
그래서 열흘쯤 지났을 때는 어미사자와 함께 어울려
뒹굴며 놀 만큼 친해졌다.
그래서 이 사나이는 임금님의 병을 고칠 수 있을 만큼
어미사자의 젖을 충분히 짜낼 수가 있었다.
암사자의 젖을 구한 사나이는 서둘러 임금님이 계시는
왕궁을 향해 걸었다.
잠시도 쉬지 않고 걷던 사나이는 왕궁이 가까워지자 몹시

지쳐 버렸다.

'도저히 더 못 가겠군.
여기 길가에서라도 잠깐 쉬었다가 가야지.'

사나이는 길가에서 잠깐 쉰다는 것이 그만 깜박
잠이 들어 버렸다.

꿈 속에서, 사나이는 자기 몸의 여러 부분이 서로 싸우는
것을 보았다.
그것은 몸의 어느 부분이 가장 중요한가를 가리기 위한
말싸움이었다.

"모두들 시끄러워!
만약 발인 내가 없었다면
사자가 사는 동굴까지 어떻게 갔겠니?
손이 비록 암사자의 젖을 짰다고 하지만,
내가 없었다면 왕궁까지 올 수도 없지.
그러니까 내가 제일이야, 으뜸이라구!"

먼저 다리가 말했다.
그러자 눈이 나서면서 소리쳤다.

"웃기는 소리 마.
만약 눈인 내가 없었다면
사자의 동굴을 어떻게 찾았겠어?
더욱이 왕궁이 어디 있는지
어떻게 알 수가 있어?
앞을 볼 수 있는 눈이야말로
가장 중요한 부분이야."

그러자 몸 속의 심장이 점잖게 나서면서 말했다.

"허허, 쓸데없이 까부는구나.
너희들이 아무리 잘났다고 해도
튼튼한 심장이 없었다면
어떻게 사자와 어울릴 수 있단 말이냐?
또 쉬지 않고 여기까지 올 수 있었던
것도 튼튼한 심장 덕분이라는 걸 알아야지."

그 때 가만히 듣고 있던 혀가 불쑥 나섰다.

"모두 뚝! 다들 그렇게 잘났어?
그래 봐야 헛일이야.
내가 없다면 너희들은
아무 소용 없다는 걸 알아야 돼."

혀의 말을 들은 몸의 각 부분은 한꺼번에 화를 버럭 냈다.

"건방지기 짝이 없는 못된 혀야,
뼈도 없는 조그만 고깃덩이가
건방지게 까불지 말아.
너야말로 사자의 젖을 구하는 데
전혀 도움이 되지 못했어."

모두가 덤벼드는 서슬 푸른 기세에 눌려서 혀는 아무 말도
하지 못하고 잠자코 있었다.
그러는 사이에 사나이는 어느덧 궁전에 도착했다.
그 때 혀가 불쑥 말했다.

“너희들, 누가 제일 중요한지
곧 알게 될 거야.”

궁궐 안에 들어간 사나이는 암사자의 젖을 임금님께 바쳤다.

“오, 이건 무슨 젖이냐?”

임금님이 사나이에게 물었다. 그러자 사나이는 엉뚱하게도,

“네, 이건 암캐의 젖입니다.”

라고 대답했다.
그 말을 들은 몸의 각 부분은 소스라치게 놀랐다.
잘못하다가는 모두가 그 자리에서 죽고 말 테니까.
그제야 몸의 각 부분은 혀의 힘이 얼마나 큰가를 깨닫고는
혀에게 사과를 했다. 그러자 혀는,

“아, 임금님, 제가 실수를 했습니다.
이건 틀림없는 암사자의 젖입니다.”

이렇게 고쳐 말했다.

이 이야기의 교훈은 혀가 하는 일이 우리 몸에서 얼마나 중요한가를 가르쳐 주고 있다.
그리고 자칫 혀가 실수할 경우, 돌이킬 수 없는 불행을 가져온다는 것도 알게 된다.

....

칼은 잘 사용하면 음식을 요리하거나 고기를 자르는 데 쓰는 유익한 도구(道具)가 되지만, 주의해서 다루지 않고 마구 휘두르면 다치거나 다른 사람에게 상처를 입히게 된다.
탈무드는 사람의 혀를 칼에 비유하고 있다.
혀를 가볍게 놀려서 함부로 말을 하다가는, 큰 봉변을 당하게 된다는 것을 명심(銘心)해야겠다.

말없는 대화

로마의 황제와 이스라엘의 어떤 랍비가, 이상하게도 생년
월일이 똑같았다.
그래서 두 사람은 퍽 친하게 지냈다.
이스라엘이 로마의 지배 아래 있어서, 두 나라의 관계가
나쁠 때에도 황제와 랍비의 우정은 계속되었다.
두 사람은 자주 만나지는 못했지만 마음 속으로는 서로
좋아하고 존경했던 것이다.
황제는 자기 혼자 결정하기 어려운 골칫거리 문제가
생기면, 늘 랍비에게 사람을 보내어 의견을 들었다.
어느 날, 황제는 랍비에게 또 사람을 보내어 의견을 물어
왔다.

"내가 살아 있는 동안에
이루어야 할 일이 두 가지가 있소.

첫째는 내가 죽은 뒤, 내 아들에게
황제 자리를 물려받게 하는 일이고,
둘째는 이스라엘에 있는 도시 티베리어스를
자유 관세 도시로 만들고 싶은 것이오.
그런데 나는 이 두 가지 가운데 한 가지밖에
이룰 능력이 없소.
두 가지를 모두 이루게 할 길은 없겠소?"

이 무렵, 로마와 이스라엘의 관계는 아주 나빴다.
그래서 로마 황제의 질문에 이스라엘의 랍비가 대답해
주었다는 사실이 알려지면, 백성들이 가만히 있지 않을 것
같았다.
그래서 랍비는 황제의 질문에 답장을 쓰지 않았다.
특사가 아무런 답장도 안 가지고 돌아오자 황제가 물었다.

"랍비가 아무 말도 하지 않던가?"

"네, 랍비는 아무 말도 하지 않았습니다.
다만 폐하의 편지를 읽어 본 다음,
제 앞에서 어린 아들을 무등을 태웠습니다.

그런 다음, 아들에게 비둘기를
주어 하늘로 날려 보내게 했습니다.
그뿐입니다, 폐하."

특사의 말을 귀기울여 들은 황제는 고개를 깊이 끄덕였다.

'음, 그렇구나. 랍비의 생각을 알겠도다.
아들에게 먼저 왕위를 물려주고,
그 아들로 하여금 관세를 자유화시키라는 거야.'

얼마 후, 황제는 다시 한 번 특사를 랍비에게 보냈다.

"로마의 장군들 중에서
나를 해치려고 하는 장군들이 여럿 있소.
그들을 어떻게 했으면 좋겠소?"

황제의 편지를 받아 본 랍비는 역시 아무 말 없이 뜰에
있는 밭으로 나갔다.
그리고는 채소 한 포기를 뽑아 들고 집 안으로 들어왔다.
그런 다음, 또다시 밭에 나가 한 포기를 뽑아 오고, 다시

가서 한 포기를 뽑아 왔다.

특사가 전해 준 랍비의 행동을 듣고, 금세 황제는 랍비의 뜻을 알아챘다.

"황제여, 한꺼번에
모든 적들을 없애려고 하지 마시오.
차례로 한 사람씩 처리해야 됩니다."

랍비가 행동으로 보여 준 뜻은 바로 이러했기 때문이다.

…………………

이심전심(以心傳心)이라는 말이 있다. 말하지 않아도 서로의 마음을 알아차린다는 뜻이다.
아주 친밀한 사람간에는 말이나 글이 아닌 눈빛만으로도 자신의 마음을 전할 수 있다.
라디오 방송국의 스튜디오에서는 소리를 내면 안 되게 되어 있다.
연출자는 소리 없는 신호(信號)로 진행자와 의견을 나누며 방송을 진행해 나간다.
말이 없어도 마음이 통하는 친구가 있다면 참 든든하겠다!

사람마다 능력이 다르니까

어떤 사람이 널따란 포도 농장을 가지고 있었다.
그래서 날마다 그 넓은 농장을 관리하기 위해 많은
사람들에게 일을 시켜야만 했다.
그런데 그 많은 일꾼들 중에서 뛰어나게 일을 잘 하는
사람이 있었다.
그는 일솜씨가 뛰어난데다가 대단히 총명해 아무리
어렵고 힘든 일이라도 머리를 써서 거뜬히 일처리를
해내곤 했다.
저절로 얼마 지나지 않아 그는 주인의 눈에 띄게 되었다.

어느 날, 주인은 일 잘 하는 그 일꾼과 함께 포도밭을
거닐면서 포도밭에 대하여 이런저런 이야기를 나누었다.
유태인의 전통에 의하면, 일꾼들의 품삯은 하루 일이 끝난
뒤 동전으로 지불하게 되어 있다.

그 날도 하루 일이 끝나자, 일꾼들은 차례로 줄을 서서 품삯을 받았다.
그런데 일꾼들의 품삯은 모두가 똑같았다.
하루종일 뜨거운 햇볕 아래에서 구슬땀을 흘리며 일한 일꾼이나 주인과 서늘한 들판을 산책했던 일꾼의 품삯이 똑같았던 것이다.
그러자 일꾼들 가운데 불평을 하는 사람들이 많았다.

"주인님, 이건 너무 불공평합니다.
우리는 잠시도 쉬지 않고 하루 종일
힘든 일을 했고, 저 사람은 겨우
두 시간밖에 일하지 않았습니다.
그 나머지 시간은 주인님과 함께
산책하며 쉬었는데, 왜 우리와
그 사람의 품삯을 똑같이 줍니까?
그 사람 것을 좀 깎거나,
우리에게 좀더 줘야 되는 거 아닙니까?"

말을 다 들은 주인은 빙긋이 웃으면서 이렇게 말했다.

"여러분, 제 이야기를 잘 들으십시오.
이 사람은 단 두 시간 동안에
여러분이 종일토록 한 일보다
더 많은 일을 해냈습니다.
그러니까 조금도 불공평한 일이 아닙니다.
나는 오히려 이 사람에게 좀더 품삯을
많이 주지 못한 게 미안할 따름입니다."

그리고 말 끝에 이 한 마디를 더 덧붙였다.

"28살에 죽은 랍비가, 딴 사람들이
100살을 산 것보다 더 많은 일을 했다는
걸 여러분은 알고 있는지요?"

....

사람의 능력(能力)은 각기 다르다.
하루에 두 시간밖에 일을 못하는 허약한 사람이 있는 반면에 하루에
열다섯 시간씩 일을 해도 끄떡없는 건강한 사람도 있다.
그러므로 누가 더 오래 살았느냐가 중요(重要)한 것이 아니라, 누가 무슨
일을 어떻게 하면서 살았는가가 더욱 중요하다.

재판과 자백

어느 마을에서, 한 사나이가 도둑질을 했다는 이유로
재판을 받게 되었다.
먼저, 물건을 도둑질당한 사람이 재판장에게 말했다.

"이 사람은 우리 가족이 집을 비운 사이에
귀중품들을 모조리 훔쳐 갔습니다.
그리고 그 물건을 팔아서 다 써 버렸습니다.
이런 나쁜 도둑에게는 큰 벌을 내려야만 합니다."

재판장은 도둑질을 했다는 의심을 받고 있는 사나이에게
물었다.

"여보시오, 당신은 빈 집에 들어가
도둑질을 한 적이 있습니까?"

"재판장님, 저는 결코 도둑질을
한 적이 없습니다."

"집 주인은 당신이 도둑질을 한 게
분명하다고 하는데, 왜 아니라고
잡아뗍니까?"

"절대로 제가 훔치지 않았습니다, 재판장님."

그 사나이는 되풀이해서 도둑질을 한 적이 없다고 주장했다.
그러자 재판장이 다시 집 주인에게 물었다.

"당신은 이 사람이 도둑질을 했다는 걸
어떻게 알았습니까?"

"네, 그건 가난뱅이였던 이 사람이
우리가 도둑맞은 날부터 갑자기
씀씀이가 달라졌기 때문입니다."

"그럼, 그 일을 본 증인이나 증거가 있습니까?"

"아니오, 그런 건 없습니다.
그러나 우리가 이 사람을 잡아다가
다그쳤더니, 우리 물건을 도둑질했다고
자백했습니다."

재판장은 다시 도둑으로 몰린 가난한 사나이에게 물었다.

"당신이 분명히 물건을 훔쳤다고 자백했습니까?"

"네, 그렇게 말했습니다.
그건 이 사람들이 저를 잡아다가
그렇게 인정하지 않으면 때리겠다고
해서 거짓말을 한 것입니다."

"그래요? 그럼 당신이 쓰고 다닌 돈은
어디서 난 것입니까?"

"네, 재판장님. 그 돈은 오래된
제 친구가 제게 준 돈입니다."

"그럼 그 친구는 어디 있지요?
여기 데려올 수 있습니까?"

"지금 그 친구는 먼 곳으로
여행을 떠났기 때문에 지금
어디 있는지 모릅니다."

그러자 집 주인은 삿대질을 하며 소리쳤다.

"재판장님, 아니에요.
가난뱅이 저 사람에게 그런 부자
친구가 있을 리 없습니다.
저 사람 말고는 우리 물건을
훔쳐 갈 사람이 없다니까요.
그리고 분명히 자기 입으로
도둑질을 했다고 자백했단 말입니다!"

잠시 생각한 다음, 재판장은 이런 판결을 내렸다.

"이 사람이 도둑질했다는

분명한 증거나 증인이 없습니다.
다만 이 사람의 자백이 있을 뿐인데,
자기에게 해로운 자백은 증거가 안 됩니다.
이 사람은 무죄입니다."

....

유태인의 율법(律法)에는 자기에게 불리한 증언을 하는 것은 무효로 보게 되어 있다. 왜냐 하면 대부분의 자백은 강압적인 고문에 의해 이루어질 때가 많기 때문이다.
그래서 지금도 이스라엘에서는 증거나 증인이 없는 자백(自白)만으로는 벌을 주지 않는다. 확실한 증거가 있을 때에만 벌을 내린다.

마술사과

아득히 먼 옛날, 어느 임금님에게 아주 예쁜 공주가 있었다.

"허허, 정말 귀엽기도 하지.
이 세상의 온 나라를 다 준다고 해도
사랑스러운 우리 공주와는 바꿀 수가 없어."

정말 눈에 넣어도 아프지 않을 정도로 임금님은 공주를
사랑했다.
그런데 그 공주가 그만 큰 병에 걸리고 말았다.
나라 안의 유명한 의사란 의사는 다 불러서 치료를 하고,
약이란 약은 다 구해서 먹였지만 공주의 병은 조금도
나아지지 않았다.

"아바마마, 아무래도 저는 곧 죽을 것만 같아요."

"오, 공주야, 무슨 말을 그렇게 하느냐?
그럴 리가 없어. 힘을 내야 하느니라."

"아니에요, 제 병은 제가 알아요."

사실 누가 보든지 공주는 이제 살아날 가망이 전혀 없는
것처럼 쇠약해 보였다. 얼굴에는 핏기가 전혀 없어 하얀
눈처럼 창백했다.

"여봐라! 우리 공주를 살릴
무슨 좋은 방법이 없겠느냐?
어떤 방법이라도 좀 찾아보아라.
우리 공주를 죽게 놔 둘 수는 없느니라."

마침내 임금님은 온 나라 안에 이런 포고령을 내렸다.

"공주의 병을 고쳐 주는 사람은
내 사위로 삼겠노라.
그리고 왕위까지 물려주겠노라."

그러나 선뜻 공주의 병을 고치겠다고 나서는 사람은 없었다.

궁전에서 아주 멀리 떨어진 한적한 시골에 세 형제가 살고 있었다.
그들은 각자 세상에서 으뜸가는 보물 한 가지씩을 가지고 있었다.
어느 날, 맏형이 이 세상 어디든 볼 수 있는 망원경으로 여기저기 세상 구경을 하다가 임금님의 포고문을 보게 되었다.

"와, 얘들아, 이것 좀 봐."

"뭔데? 무슨 일이 있어?"

두 동생이 맏형에게로 다가오며 물었다.

"그래, 임금님의 사랑하는 공주가
몹쓸 병에 걸려 죽게 되었다는구나.
그래서 누구라도 공주의 병만 고쳐 준다면,
그 사람을 사위로 삼고 왕위도 물려준대.

얘들아, 어떠냐?
우리 셋이 힘을 합해서 공주의 병을
고쳐 주는 게 어때?"

맏형은 어떻게든 공주의 병을 고쳐 주고 싶었다.
둘째는 이 세상 어느 곳이라도 눈 깜짝할 새에 날아갈 수
있는 마술 양탄자를 가지고 있었고, 막내인 셋째는
마술 사과를 가지고 있었다.
그 사과는 한 입 베어 먹기만 하면 아무리 깊은 병이라도
씻은 듯이 낫는 만병 통치약이었다.

세 형제는 의논을 한 끝에 공주의 병을 고쳐 주기로
결정했다. 그래서 그들은 둘째의 양탄자를 타고 순식간에
왕궁에 도착해서 마술 사과를 공주에게 먹였다.

"오, 아바마마, 전 이제 하나도 아프지 않아요."

정말 공주의 병은 그 자리에서 거짓말처럼 나아 버렸다.
공주가 예전의 건강한 모습을 되찾자, 임금님을 비롯한
모든 신하들이 뛸 듯이 환호성을 울리며 기뻐했다.

임금님은 곧 큰 잔치를 베풀고 공주의 결혼식 준비를 시작했다.
그런데 일이 아주 난처해지고 말았다.
세 형제가 아름다운 공주를 보게 되자, 저마다 공주의 남편이 되고 싶어 자기의 공을 내세웠기 때문이다.
맏형은 이렇게 주장했다.

"내 공이 제일 크다구!
내가 망원경으로 포고문을 보지 않았더라면
공주가 병에 걸린 걸 어떻게 알 수 있었겠어.
안 그래?"

형의 말에 둘째가 지지 않고 맞섰다.

"천만의 말씀! 내 양탄자가 없었더라면
이렇게 단숨에 여기에 올 수 있었겠어?
만일 조금만 더 늦었다면 공주는 벌써
죽었을 거야."

두 형에게 질세라 막내인 셋째가 말했다.

"아니에요, 그렇지 않아요.
아무리 빨리 왔어도 내 마술 사과가 없었다면
어떻게 공주님의 병을 고칠 수 있었겠어요?
그러니 내가 최고예요."

현명한 임금님은 세 형제의 이야기를 다 들은 다음,
셋째를 사위로 삼았다.

"그 이유는 이러하느니라.
망원경도 그대로 남아 있고,
양탄자도 그대로 남아 있지만,
사과는 없어져 버렸기 때문이니라.
셋째는 공주의 병을 고치기 위해
자신의 가장 소중한 마술 사과를 바쳤느니라."

자기를 바쳐 돕는 것을 헌신(獻身)이라고 한다. 진정한 도움은 헌신하는 데서 나온다.
탈무드에는 '남을 도울 때에는 모든 것을 아낌없이 바치는 것이 가장 귀중하다.'고 되어 있다.

이득과 손실

랍비 몇 사람이 함께 여행을 하고 있었다.
그들은 하루 종일 걸어서 산 밑에 있는 작은 주막에
도착했다.

"아유, 랍비님들, 저 산을
넘을 생각일랑 마세요. 위험합니다."

주막 주인이 말했다.
랍비들은 왜 그러는지를 몰라서 물었다.

"저 산을 넘지 말라니요?
혹시 거기에 사람을 잡아먹는
무서운 짐승이라도 있습니까?"

생각하기도 싫다는 듯 손사래를 치며 주막 주인이 대답했다.

"짐승이면 낫게요?
짐승보다도 훨씬 더 무섭고 잔인한
산적들이 우글우글하답니다."

"아, 산적들이라구요?
그렇다면 우린 아무 걱정 없습니다.
우리는 갖고 다니는 돈도 없으니까요."

랍비의 말을 주막 주인이 막았다.

"랍비님, 돈이 없다고 그냥 보내 주는
그런 신사 산적들이 아니랍니다.
얼마나 잔인한지 아세요?
이 세상에서 제일 사나운 산적들이라니까요.
밥 먹듯이 살인을 하구요,
돈 없는 사람들은 기어이 살가죽이라도
벗겨 간답니다."

주막 주인은 부르르 치를 한 번 떨었다.
그러자 한 랍비가 분노하여 말했다.

"어허, 그런 나쁜 놈들!
착한 사람들을 괴롭히는 그런 놈들은
이 세상에서 영원히 사라져야 해."

그러자 또 한 랍비가 흥분해서 말을 받았다.

"맞아, 그런 악인은 물에 빠져 죽거나
불에라도 타서 죽어 없어져야 해."

하였다.
주막 주인도 랍비들의 말에 맞장구를 쳤다.

"암요, 죽어도 그냥 곱게 죽어서는 안 돼요.
아주 큰 고통을 받으며 죽어야 합니다.
그래야 나쁜 짓 할 사람들이
엄두도 못 내지요."

그 때, 그들의 말을 조용히 듣고 있던, 가장 나이가 많고 현명한 랍비가 이렇게 말했다.

"여러분, 유태인이라면 그런 생각을
가져서는 안 됩니다.
이 세상에 악인들이 있는 것보다는 없는 게
더 좋은 일이긴 합니다만, 그렇다고 악인들이
죽어 없어지기를 바라서는 안 됩니다.
그들이 죽기를 바라기보다는 악인들이
회개해서 착한 사람이 되도록 기도하며
인도해야 합니다. 그렇지 않겠습니까?"

차분한 랍비의 말에 모두 고개를 끄덕였다.

....

악인에게 벌(罰)을 준다고 해서 착한 사람들에게 무슨 이익이 있을까? 그러므로 악인들에게 벌을 주기보다는 그들이 잘못을 뉘우치고 선한 사람이 되도록 힘쓰는 일이 더 바람직하다.

갈비뼈와 여자

탈무드의 기본 바탕은 구약 성서이다.
구약 성서에는 유태인들이 믿는 하나님의 말씀과
선지자들의 이야기가 자세히 적혀 있다.

구약 성서를 보면 인류 최초의 여자는 아담의 갈비뼈
하나를 뽑아서 만들었다고 되어 있다.

하루는 로마의 황제가 랍비의 집을 찾아가서 따지듯 물었다.

"당신들이 믿는 하나님은
순 도둑이 아니오?
어찌해서 남자가 잠자고 있을 때
주인의 허락도 없이
그의 갈비뼈를 훔쳐 갔소?"

이 때 황제의 옆에 있던 랍비의 딸이 나서서 조용히 말했다.

"폐하, 병사 한 사람만 빌려 주십시오.
좀 까다로운 문제가 생겨서
조사를 시켰으면 합니다."

"그야 쉬운 일이지. 그런데
그 까다로운 문제란 무엇인고?"

"네, 사실은 어젯밤 저의 집에
도둑이 들어와서 금고 하나를
훔쳐 갔습니다. 그런데 그 도둑은
저희 집 금고를 훔쳐 간 대신에
순금으로 된 그릇을 놓고 갔습니다.
그래서 왜 그렇게 했는지 자세히 좀
알아보고 싶습니다."

랍비의 딸의 말에 황제의 입이 크게 벌어졌다.

"어허! 그것 참 부러운 일이구나.

그런 도둑이라면 우리 궁전에 들어와서
나의 금고도 가지고 갔으면 좋겠구나."

로마 황제는 웃으며 말했다.

"폐하께서도 그렇게 생각하십니까?"

"암, 그렇고말고. 다만 내 금고 속에
순금덩이보다 더욱 귀중한 것이
들어 있지만 않다면 말이지."

"폐하, 그렇다면 말씀드리겠습니다.
빈 금고를 훔쳐 간 도둑이 금그릇을
놓고 간 일은 아담의 몸에 일어났던
일과 같습니다.
하나님께서는 갈비뼈 한 개를 몰래
가져가셨지만, 그 대신 갈비뼈보다
몇 갑절이나 더욱 소중한
여자를 남겨 두셨으니까요."

"허허, 그, 그렇던가?"

총명한 랍비의 딸의 재치 있는 말에 로마 황제는 할 말이 없어 껄껄 웃다가 돌아갔다.

....

궁지(窮地)에 몰아 넣으려고 한 일에서 재치 있게 빠져 나오는 비결도 바로 지혜에 있다.
지혜는 이렇듯 언제 닥칠지 모르는 여러 가지 위험으로부터 지켜 주는 훌륭한 방패의 역할을 해낸다.
그러므로 지혜를 가진 사람은 수억의 재물(財物)을 가진 사람보다도 더 안전하다고 할 수 있다.

일부러 기다렸다가

어느 랍비가 로마를 방문했을 때, 길목마다 다음과 같은 포고문이 나붙어 있는 게 눈에 들어왔다.

'왕비께서 아주 값비싼 보물을 분실했다.
1개월 이내에 분실물을 발견하여 신고하는
사람에게는 큰 상을 내릴 것이다.
그러나 만일 1개월 후에 그 물건을
가진 사람이 발견되었을 때에는
즉시 사형에 처하겠다.'

그런데 우연하게도 이 랍비가 왕비의 보물을 발견하게 되었다.

'으음…….'

랍비는 보물을 발견하고서도 웬일인지 궁궐로 가져가지
않고 가만히 있었다.
30일이 지나기를 기다린 랍비는 31일째 되는 날,
그 보물을 가지고 왕궁으로 가서 왕비 앞에 내놓았다.

"왕비마마, 마마의 잃어버리신 보물을 제가 찾았습니다."

그러자 왕비가 물었다.

"랍비님은 1개월 전 포고령이
내렸을 때 이 곳에 있었습니까?"

"네, 그렇습니다."

"그럼 그 사실도 알고 있겠군요,
1개월이 지난 뒤에 이 물건을 가져오면
어떻게 된다는 것을 말입니다?"

"네, 물론 알고 있습니다, 왕비마마."

"그럼 이상한 일 아닙니까?
랍비님은 왜 굳이 1개월이
지나도록 이것을 가지고 있었나요?
만약 하루만 더 일찍 내게 가져왔다면
큰 상을 받을 수 있었을 텐데요.
랍비님은 생명이 아깝지 않은가요?"

그러자 랍비는 담담히 왕비에게 말했다.

"왕비마마, 만일 제가 30일 전에
이 보물을 돌려 드렸다면, 사람들은
누구나 다 제가 마마를 두려워해서
그랬다고 생각할 것입니다.
그래서 저는 제가 마마를 두려워하지
않는다는 것을 보여 주기 위해
일부러 날짜가 지나기를 기다렸다가
오늘에야 가져온 것입니다."

랍비의 그 말을 들은 왕비가 다시 물었다.

"그럼 랍비님이 진정으로
두려워하는 분은 누구입니까?"

"제가 두려워하는 분은 오직 한 분,
하나님뿐입니다. 저는 그것을 모든
사람들에게 보여 주고 싶었을 뿐입니다."

랍비의 말에 왕비는 옷깃을 여미면서 고개를 숙였다.

"그처럼 위대하신 하나님을 섬기는
당신에게 깊은 경의를 표합니다."

유태인은 유일한 여호와 하나님을 믿는다.
그것이 바로 유태교이고, 유태교만을 믿기 때문에 그들은
언제까지나 유태인으로 이어 올 수 있었던 것이다.

....

형벌을 두려워하지 않는 진정한 용기를 보여 주는 이야기이다.
신앙인에게는 세상의 권력은 두려운 것이 못 된다. 진정한 신앙인이
두려워하는 분은 오직 그들이 섬기는 하나님뿐이기 때문이다.
달면 삼키고 쓰면 뱉는 태도는 신앙(信仰)을 가진 사람의 태도가 아니다.
작은 이익(利益)을 위해서 이리저리 옮겨 다니는 일도 옳지 않다.

하나님의 뜻이라면

솔로몬 왕에게는 꽃처럼 어여쁘고 총명한 공주가 하나 있었다.
솔로몬 왕은 이 공주를 몹시 사랑했다.
그런데, 어느 날 솔로몬 왕은 이상한 꿈을 하나 꾸었다.
마치 현실인 것처럼 생생한 꿈이었다.
공주의 남편이 될 사람이 꿈 속에 나타났는데, 왠지 그 사람은 공주에게 전혀 어울리지 않는 것 같았다.
꿈에서 깨어난 왕은 아무리 생각해도 꺼림칙하고 기분이 좋지 않았다.

'정말 꿈 속에서 본 그 불한당 같은 녀석이
불쑥 찾아와서 공주를 달라고 하면 어쩌지?
눈에 넣어도 아프지 않은 우리 공주를
그런 하찮은 사람한테 시집 보낼 수는

절대로 없어! 암, 안 되고말고!"

그래서 솔로몬 왕은 마침내 결심을 했다.

"그래, 공주를 철저히 보호해야만 되겠다.
우리 공주가 결혼하기 전까지는 사람들이
아무도 없는 외딴 곳에 있게 하자.
그리고 내가 공주에게 걸맞은 멋들어진
남편감을 구하는 거다.
그런 다음 궁궐로 데려다가
결혼을 시키면 되겠구나."

솔로몬 왕은 작고 외딴 섬으로 공주를 데려갔다.
그리고 그 곳에 별궁을 지어, 공주가 밖으로 나오지
못하도록 문을 잠가 두었다.
별궁 주위에는 높은 담을 빙 둘러쌓고, 많은 병사들이
지키게 했다.
별궁의 열쇠를 가지고 솔로몬 왕은 궁전으로 돌아왔다.

그런데 왕이 꿈 속에서 본 공주의 남편 될 사나이는 세계

곳곳을 여행중이었다.
어느 황야에서 길을 잃고 방황을 하고 있었는데, 밤이 되자 몹시 추웠다.

'이 벌판에는 동굴도 없고
쉴 만한 적당한 곳도 없구나.
할 수 없다. 이 나무 밑에서 잘 수밖에!'

사나이는 큰 나무 밑에서, 가지고 다니던 사자 가죽으로 몸을 감싼 채 잠이 들었다.
그 때 큰 독수리 한 마리가 날아와서, 사자 가죽과 함께 잠이 든 사나이를 번쩍 물어다가 공주가 감금되어 있는 별궁 위에 떨어뜨렸다.

"어머나!"

쓸쓸하기 짝이 없는 외딴 별궁에 갇혀 있던 공주는
하늘에서 뚝 떨어진 사나이를 보자 몹시 반가웠다.

"당신은 누구세요? 어디에서 왔나요?"

사나이는 주위를 두리번거리면서 공주에게 대답했다.

"네, 저는 먼 나라에서
여행을 하고 있는 중이랍니다."

"어머, 그러세요? 그럼 제게
재미있고 신기한 여행 이야기를
좀 들려 주시지 않겠어요?"

"아, 그러지요, 공주님.
세계에는 정말 놀랍고 재미있는
일이 많고 많답니다."

사나이는 공주에게 자기가 겪고 본 세계 여러 나라의
신기한 이야기를 자세히 들려 주었다.
그리고 왕궁의 이야기를 들려 주기도 했다.

"정말 재미있네요. 나도 한번
그런 곳에 가 보고 싶어요."

사나이의 이야기를 듣는 공주의 입가에서는 미소가
사라질 줄 몰랐다.
하루이틀이 지나는 동안에, 두 사람은 서로 사랑하게 되어
결혼을 약속하는 사이가 되었다.

한편 궁궐에 있는 솔로몬 왕은 공주 생각에 마음이 바빴다.
사랑하는 공주를 하루라도 빨리 외딴 별궁에서 데려오려면
멋진 신랑감을 빨리 골라야 했다.

'우리 귀여운 공주의 남편감은 어디 있을까?'

나라 안팎까지 날마다 찾아봤지만, 눈에 드는 마땅한
사람을 쉽게 찾을 수가 없었다.
그러던 어느 날, 솔로몬 왕은 불현듯 공주 생각이 났다.

"공주가 혼자 있으니 너무 심심하겠군.
공주를 좀 만나 보고 와야지."

별궁으로 찾아간 솔로몬 왕은 놀라서 벌어진 입을 다물 줄
몰랐다.

"아, 저, 저런!"

사랑스러운 공주 옆에는, 꿈 속에서 왕이 보았던 바로 그 사나이가 다정한 모습으로 서 있는 게 아닌가!

"아바마마, 저는 이분을 사랑합니다.
이분도 저를 사랑하고요.
그래서 우리는 결혼하기로 굳게
약속했답니다."

놀란 가슴을 누르며 솔로몬 왕은 사나이에게 물었다.

"그런데, 너는 어떻게 해서
이 별궁에 들어올 수 있었느냐?"

그러자 사나이는 여행중에 사자 가죽을 둘러쓰고 잠을 자다가, 큰 새한테 물려서 별궁 안에 들어온 일을 이야기했다.
그 말을 들은 솔로몬 왕은 고개를 끄덕이며 말했다.

"호, 그랬었군. 하나님의 뜻이
그렇다면, 일어날 일은 언제고
반드시 일어나게 마련이로구나.
하늘의 뜻을 사람이 어찌
막는단 말인가!"

솔로몬 왕은 기꺼이 두 사람의 결혼을 허락해 주었다.

....

살아가다 보면, 사람의 힘으로 되지 않는 일이 있다.
억지로 막으려고 하지 말고 순리대로 풀어 나가면 더 쉽게 해결이 된다.
엉킨 실타래를 푸는 방법도 그렇다. 무리해서 빨리 풀려다 보면 도저히
풀 수 없게 되는 수도 있다.
그러므로 항상 차분하고 긍정적(肯定的)인 마음으로 생활해 나가는 태도가
필요하다.

태양조차 못 보면서

이스라엘은 아주 오랜 세월 동안 로마의 지배를 받아 왔다.
그래서 탈무드에는 로마와 관련된 이야기들이 많다.
하루는 한 로마 인이 유태인 랍비를 찾아와서 말했다.

"오늘은 내 질문에 대답해 보시오.
당신들은 매일 하나님 이야기만 하고 있는데,
도대체 그 하나님은 어디에 있소?
하나님이 어디에 계신지 내가 볼 수만 있다면
나도 하나님을 믿겠소."

랍비는 짓궂은 로마 인의 질문을 좋아하지 않았다.
그러나 로마 인의 질문에는 대답을 안 할 수가 없었다.
그래서 랍비는 로마 인을 데리고 밖으로 나가서, 하늘에
뜬 태양을 가리키면서 물었다.

"저 태양을 똑바로 쳐다보시오.
태양이 어떻게 생겼는지 아시겠소?"

랍비의 말에 로마 인은 태양을 힐끗 쳐다보고는 퉁명스레 대답했다.

"그런 말이 어디 있소?
눈이 부셔서 어떻게 태양을
똑바로 쳐다볼 수 있단 말이오!"

로마 인의 말에 랍비는 빙긋이 웃음을 지었다.

"그러면 그렇지요,
당신은 하나님께서 창조하신
만물 중에서 극히 작은 것 중의 하나인
태양조차 제대로 볼 수 없소.
그러면서 어떻게 위대하신
하나님을 눈으로 보겠다고
억지를 부리시오?"

랍비의 이 말에 로마 인은 아무 대꾸도 하지 못했다.
유태인을 골려 주려 했던 로마 인은 그냥 돌아갈 수밖에 없었다.

··················

'우물 안 개구리'라는 말을 들어 보았는가? 자기의 보잘것 없는 짧은 소견(所見)으로 우쭐거리는 것을 빗댄 말이다.
지식이 조금 있다고 해서 교만하게 군다는 것은 참으로 어리석은 일이다. 광활한 우주 속의 미미한 인간의 존재(存在)를 생각해 보고 겸손한 마음 가짐을 가져야겠다.

영원한 생명

어느 랍비가 시장에 나갔다.
장터에 이른 랍비는 시장에서 물건을 사고 파는 사람들을 향해 크게 소리쳐 물었다.

"여러분이여, 이 시장 안에서
영원한 생명을 가진 사람이
있습니까?"

랍비의 물음에 시장 안의 사람들은 서로 얼굴을 쳐다보며 고개를 갸웃거렸다.

"응? 영원한 생명이라고?"

"글쎄, 난 잘 모르겠는걸?"

사람들은 누가 영원한 생명을 가지고 있는지 서로
살펴보았다. 그러나 영원한 생명을 가지고 있을 만한
사람은 아무도 없었다.

"랍비님, 우리는 누가 영원한 생명을
가진 사람인지 알 수 없습니다.
이 시장 안에 그런 분이 계실까요?"

시장 사람들은 랍비 곁으로 몰려들면서 물었다.
그러자 랍비는 크게 고개를 끄덕이며 대답했다.

"아, 물론입니다.
나는 이 시장 안에서 영원한
생명을 가진 두 사람을 찾아냈소."

사람들은 기뻐하며 랍비에게 되물었다.

"영원한 생명을 가진 사람이 둘이나 있습니까?"

"그렇게 훌륭한 사람이 우리 곁에 있었다니,

그들은 누구입니까?"

사람들은 서로서로 살펴보며 물었다.
그러자 랍비는 시장 공터에 서 있는 두 사람을 손으로
가리키면서 말했다.

"저기 두 사람이 보이지 않습니까?
저 두 사람이야말로 영원한 생명을
가진 착한 사람이오."

그러자 랍비 곁에 둘러섰던 사람들은 부리나케 공터에
서 있는 두 사람에게로 뛰어가서 물었다.

"여보시오, 당신들 두 사람은 무슨 장사를 합니까?"

"하하, 우리들은 장사를 하는
사람들이 아닙니다.
우리는 어릿광대랍니다.
외롭고 쓸쓸한 사람들에게는
웃음을 선물하고,

다투는 사람들에게는 평화를 가져다 주는
광대랍니다.”

두 어릿광대는 어리둥절해져서 사람들에게 그렇게 대답했다.
어릿광대로부터 그 말을 들은 사람들은 다시 랍비를
찾아가서 물었다.

“랍비님, 저 두 사람은 가난하고도
천한 어릿광대들입니다.
그런데 왜 저 두 사람이 영원한
생명을 가졌다고 하십니까?”

랍비는 당연하다는 듯이 대답했다.

“네, 그들은 모든 사람들에게
즐거움을 선사하기 때문입니다.
사람들에게 기쁨과 즐거움보다
더 큰 선물이 어디 있습니까?”

“아, 그렇군요.”

랍비의 설명을 들은 시장 사람들은 그제야 비로소 두 사람의 어릿광대에게 마음에서 우러나는 고개를 숙였다.

······················

먹을 것이 없는 사람들에게 먹을 것을 주고, 입을 것이 없는 사람들에게 입을 것을 주는 것은 착한 일이다. 그러나 이것 못지않게 귀한 일이 있다. 눈에 보이는 물질로 봉사(奉仕)하는 것은 아니지만 따뜻한 마음씨가 그것이다.
낙심한 사람에게 상냥하게 위로해 주며 힘을 불어넣어 주고,
슬픔에 잠긴 사람들에게 하는 따뜻한 사랑의 말 한 마디는 재물보다도 더 큰 효과(效果)를 가져온다.

묘목을 심는 뜻

따사로운 어느 봄날, 어떤 할아버지가 뜰에다 묘목을 심고
있었다. 얼마나 열심히 어린 나무들을 심고 있는지
이마에서 땀방울이 뚝뚝 떨어졌다.
그 때 지나가던 나그네가 그 모습을 보고 발걸음을 멈추었다.
나그네는 연방 고개를 갸웃거리더니 할아버지에게 물었다.

"어르신, 대체 그 묘목이 자라서
열매가 열리려면 몇 년이 걸리는지
아십니까?"

나그네의 물음에 곧바로 할아버지가 대답했다.

"그럼, 잘 알고말고요. 한 70년은
지나야 열매를 맺을 거요."

나그네가 할아버지에게 다시 물었다.

"그럼 어르신은 앞으로 70년이
넘도록 더 살아 계실 수 있나요?"

할아버지는 잠시 하던 일을 멈추고 나그네를 빤히
쳐다보더니,

"허허, 무슨 말씀을!
지금 내 나이가 몇인데
그렇게 오래 살겠소?"

"그럼 어르신께서 잡수시지도
못할 열매의 나무를 무엇 때문에
그렇게 땀을 뻘뻘 흘리며 심고
계십니까? 도대체
그런 헛수고를 왜 하십니까?"

나그네의 말에 할아버지가 이마의 땀을 훔치면서 대답했다.

"내가 태어났을 때 우리 과수원에는
온갖 열매가 풍성했다오.
그 나무는 내가 태어나기 전에
아버님이 나를 위해 이렇게
작은 묘목을 심어 주셨기 때문이오.
나도 내 아버님이 하신 것처럼 하는
것뿐이라오."

………………………

눈앞에 보이는 작은 이익보다도 먼 앞날을 생각하는 교훈이 담긴
이야기이다.
자기 자신의 수고와 땀방울로 후손들이 행복(幸福)을 맛볼 수 있기를
원하는 마음, 얼마나 귀한지 모른다.
우리가 살고 있는 지구를 아름답고 깨끗하게 지키려는 노력(努力) 역시,
우리 후손들에게 살기 좋은 생활 환경을 물려주고 싶은 아름다운
마음이다.

무슨 참견입니까?

많은 사람이 배를 타고 넓은 바다 위를 항해하고 있었다.
그런데, 배에 탄 한 사람이 자기가 앉아 있는 배 바닥을
끌로 구멍을 뚫고 있었다.
배 바닥에 구멍이 난다면 그리로 바닷물이 스며 들어올 게
아닌가? 그러면 큰일이다!
그래서 놀란 사람들이 그 사람에게 뛰어가 말했다.

"여보시오, 당신 지금 무슨 짓을
하는 거요!"

그러자 그 사람이 태연히 말했다.

"하하, 보면 모릅니까?
끌로 배에 구멍을 뚫고 있지 않소?"

"당신은 그게 얼마나 위험한 짓인 줄 모르오?
당장 그만두시오."

사람들이 말리자 사나이는 오히려 목소리를 높여 소리쳤다.

"대체 무슨 참견입니까?
여긴 내 자리요!
내가 엄연히 배삯을 주고 산 자리란 말입니다.
내가 남의 자리를 팠습니까?
내 끌로 내 자리를 파는데 왜 귀찮게
구는가 말입니다!"

아무리 말려도 아랑곳하지 않고 그 사람은 계속 배 바닥을 팠다. 그러자 이내 동그란 구멍이 뚫리면서 물이 배 안으로 스며들어오기 시작했다.

"하하, 물이 들어오네?"

그 사람은 재미있다는 듯이 웃음을 터뜨렸다.
물의 힘 때문에 작은 구멍이 금세 커지며 바닷물이 배 안으로

콸콸 쏟아져 들어오기 시작했다.

"큰일이다! 구멍을 막아라!"

사람들이 비명을 지르며 구멍을 막으려고 몰려들었지만,
이미 배는 점점 가라앉고 있었다.
마침내 배 바닥에 펑! 커다란 구멍이 뚫리면서 바닷물이 무섭
게 솟구쳐 올랐다.

"어어, 이게 웬일이야!"

배에 구멍을 뚫은 어리석은 사람이 어어, 하는 사이에
배는 사람들을 실은 채 바다 밑으로 가라앉고 말았다.

....

이 세상은 혼자서 살아갈 수 없다. 모든 사람이 함께 서로 돕고
살아가게 되어 있다. 그러므로 자기의 이익만을 생각하고 멋대로
행동하면 많은 사람들에게 큰 피해(被害)를 주게 된다.
더불어 사는 사회라는 것을 생각하고, 늘 이웃을 생각하는 넉넉한
마음을 가져야겠다.

랍비 아키바의 학문 사랑

아키바는 탈무드에 나오는 여러 지도자들 가운데서도
가장 존경받는 랍비이다.
청년 시절의 아키바는 무척 가난해서 먹고 살기도
어려웠다. 그는 생활을 위하여 부잣집에 양치기로 취직해
일을 했다.
비록 배우지 않아 머릿속에 든 지식은 없었지만 타고난
부지런하고 착한 마음씨 때문에 모두가 그를 좋아했다.
그런데 시간이 지나면서 아키바는 자기가 일하는 부잣집
딸과 서로 사랑하는 사이가 되었다.

"저희들의 결혼을 허락해 주십시오."

"뭐, 뭐라고? 결혼?
그게 말이나 된다고 생각하느냐?"

부자 주인은 펄펄 뛰며 화를 냈다.

"아버님, 제발 결혼하게 해 주세요.
저희들 열심히 잘 살겠습니다."

"안 돼! 그것만은 절대로 안 된다.
우리 집 양치기와 내 딸이 결혼하다니!
다신 내 앞에서 그런 말 꺼내지도 말거라.
알겠느냐, 엉?"

아키바와 딸이 아무리 애원을 해도 부자는 마음을 돌리지 않았다.
가난한 아키바에게 딸을 결코 줄 수 없었던 것이다.
그러나 두 사람의 사랑은 나날이 깊어져서 마침내 부자의 반대에도 불구하고 결혼을 하고 말았다.

"썩 나가라!
아비의 말을 듣지 않는 딸은
이제 내 자식이 아니다.
꼴도 보기 싫으니 당장

이 집에서 나가!"

부자는 크게 화를 내며 두 사람을 내쫓아 버렸다.
할 수 없이 아키바와 그의 아내는 그 마을을 떠나 작은
마을로 옮겨가 가난한 신접 살림을 차렸다.
어느 날, 아내가 아키바에게 말하였다.

"여보, 제게 단 한 가지 소원이
있는데 들어 주시겠어요?"

아키바가 빙긋 웃으며 고개를 끄덕였다.

"그럼, 들어 주겠소.
대체 어떤 소원이오?
당신이 원하는 일이라면
뭐든지 다 하리다."

"그럼 지금부터 공부를 시작하세요.
당신이 공부하는 것이 저의
단 하나의 소원이랍니다."

아키바의 눈이 휘둥그래졌다.

“그렇지만 나는 지금까지
전혀 공부를 한 적이 없어 글자도 모른다오.
이렇게 늦은 나이에 어떻게 공부를
시작한단 말이오?”

아내는 머리를 저으며 아키바를 설득했다.

“그렇지 않아요, 당신은 공부를
시작하기에 조금도 늦지 않았어요.
게다가 당신은 총명하고 부지런하니까
남보다 더 빨리 배울 수 있을 거예요.”

“내가 공부를 하자면 수업료도
있어야 하지 않소?
또 내가 공부하는 동안,
우리 집 살림은 어떻게 꾸려 간단 말이오?”

“그건 제가 알아서 하겠어요.

그저 당신은 열심히 공부만 하시면 돼요.
학비랑 살림은 제가 삯바느질이라도 해서
마련할 테니까요."

아키바는 아내의 마음이 고마웠지만 마음이 아팠다.
부잣집에서 곱게 자란 아내가 가난한 자기를 만나 고생이
컸기 때문이다.

"당신을 고생시키면서 어찌
내가 편히 공부를 할 수 있겠소?"

"아니에요, 저는 정말 기쁜 마음으로
뒷바라지를 할 수 있어요."

"알겠소, 지금부터 공부를 시작하리다.
그게 당신의 소원이라는데
내가 어찌 거절하겠소!"

그 날부터 아키바는 학문의 길에 들어서게 되었다. 학교의
코흘리개 어린이들 틈에 끼여서 기초부터 하나하나 배워

나갔다.

'배우는 건 창피한 일이 아니다.
열심히 배우는 길만이
고마운 아내에게 보답하는 길이다.'

하루하루 아키바의 실력은 눈부시게 향상되었다.
시간과 계절을 잊고 아키바는 책에 묻혀 살았다.
그러는 동안에 13년이라는 시간이 흘렀다.

'이 정도면 됐어. 이젠 집에 돌아가야지.'

아키바가 집으로 돌아왔을 때, 이미 그는 예전의 무식한 양치기 목동이 아니었다.
그 시대의 가장 우수한 학자로 이미 나라 안에 이름이 두루 알려져, 많은 사람들의 존경을 받고 있었다.
그의 끝이 없는 듯한 폭넓은 지식은 아무도 따라갈 수가 없었다.

다음 해에 그는 탈무드를 편찬하는 최초의 편집자로

뽑히는 영광을 안게 되었다.
그는 의학과 천문학뿐만 아니라 여러 나라의 말과 글을
자유롭게 읽고 쓰고 말할 수 있었다.

당시 이스라엘은 로마의 지배를 받고 있었기 때문에, 그는
이스라엘 대표로서 몇 차례나 로마에 다녀오기도 했다.
서기 132년, 로마의 지배를 벗어나기 위해 유태인이 반란을
일으켰을 때, 그는 유태인의 정신적인 지도자였다.
그러나 유태인의 반란은 막강한 로마의 힘 앞에 무릎을
꿇고 말았다. 반란이 평정되자 로마의 사령관은 이스라엘의
모든 마을에 이런 포고문을 크게 써 붙였다.

"유태인은 어느 누구라도
학문을 익히지 말라.
이 명령을 어기고 학문을
익히는 자가 있다면 지위를
막론하고 즉시 사형에 처한다."

로마 인은 유태인들이 그들의 역사와 전통적인 학문을
공부하기 때문에 민족 전통을 지켜, 자기들에게 대항한다는

걸 알았기 때문이다.
이 때 아키바는 다음과 같은 여우와 물고기의 이야기를 유태인들에게 해 주었다.

어느 날, 여우 한 마리가 개울가에 산책을 나왔다.
그런데 물 속의 고기들이 허둥거리면서 이쪽 저쪽으로 몰려다니는 게 보였다.

'어? 물고기들이 왜 저렇게
정신없이 몰려다니지?'

이상하게 여긴 여우가 물고기들에게 큰 소리로 물었다.

"야, 물고기들아, 너희들 무슨 일이 있니?
왜 그렇게 정신없이 몰려다니니?"

그러자 물고기들은 겁에 질린 목소리로 벌벌 떨며 대답했다.

"여기저기 그물이 쳐져 있거든요.
너무나 무서워요. 그물에 걸리면

다시 빠져 나올 수 없답니다."

여우는 물고기들의 말에 어이가 없다는 듯이 픽 웃었다.

"에이, 그 정도 일로 무서워하다니!
너희들은 정말 겁쟁이들이로구나.
아, 좋은 방법이 있어."

"네? 어떤 좋은 방법인데요?"

좋은 방법이 있다는 말에 물고기들은 귀를 쫑긋 세우며
물었다.

"응, 지금부터는 그물을 걱정할
필요가 없는 방법을 알려 줄게.
내가 너희들을 안전하게 지켜 줄 테니까
모두 내가 있는 이 언덕으로 올라오렴."

여우는 정말 물고기들을 걱정해 주는 듯이 다정하게 말했다.
그러나 여우의 말을 들은 물고기들은 크게 코방귀를 뀌며 대꾸했다.

“여우님, 당신이 지혜롭다는 소문이
널리 퍼져 있어서 그런 줄 알았더니
헛소문이었군요. 우리가 늘 살고 있는
물 속에서조차 이렇게 두려워하고
있는데, 만약 언덕으로 올라간다면
어떻게 되겠어요? 더 무섭고 끔찍한
일이 생긴다는 것쯤 우리가 모를 줄
아나요?”

“맞아요, 쳐 놓은 그물은 조심해서
피하기만 하면 되지만, 물에서
살아야 하는 물고기가 땅 위에서
어떻게 살지요?
얼마 못 가 곧 죽고 말 걸요?”

말을 마치자마자 물고기들은 떼를 지어 여우에게서 멀찌감치
도망쳐 물 속으로 들어가 버렸다.

'유태인에게 있어서 학문은
물고기가 물을 떠나면 살아갈 수
없는 이치와 마찬가지다. 유태인은
반드시 배워야만 한다.'

이 생각은 유태인들의 마음 속에 깊이 뿌리내려져 있다.
아키바는 결국 로마 군 사령관의 명령을 어기고 계속 학문을
배운다는 이유로 체포되어, 사형을 받게 되었다.
그러나 사형당하는 그 순간까지도 하나님께 감사의
기도를 드리는 의연한 모습을 보이며, 지도자로서의
삶을 마쳤다.

....

교육의 소중함을 랍비 아키바는 잘 알고 있었다.
'아는 것이 힘'이라는 말처럼 한 민족의 고유한 전통(傳統)과 교육은
반드시 지켜져야 하는 것이다.
우리 나라에도 세계에서 가장 우수한 한글이라는 우리말이 있다.
우리 민족의 얼이 담긴 한글을 아끼고 사랑하며 발전(發展)시켜 나가는
것도 중요한 나라 사랑의 귀한 일이 된다.

아버지의 깊은 배려

예루살렘에서 멀리 떨어진 곳에 살고 있던 부자 유태인이
귀여운 외아들을 예루살렘에 있는 학교에 유학을 보냈다.

그런데 아들이 예루살렘의 학교에서 공부를 하고 있는
동안, 아버지는 그만 깊은 병에 걸려서 생명이 위독할
지경에 이르렀다. 아들을 만나 보고 죽고 싶었지만,
상태가 너무 나빠서 아들을 만나러 갈 수가 없었다.

"아, 이제 아들도 못 보고 죽을 것 같구나."

"주인님, 제가 예루살렘까지 뛰어가서
도련님을 모셔 오겠습니다."

아버지를 간호하고 있던 노예가 말했다.

그 노예는 너무나 영리해서 집안의 모든 일을 주인을
대신해서 입의 혀같이 잘 처리하고 있었다.

"아니다, 그러지 말아라.
네가 예루살렘에 갔다 올 때까지
내가 살아 있지 못할 것 같구나."

아버지는 사랑하는 아들과 다시 만날 수 없음을 알고
유서를 썼다.

"사랑하는 내 아들아,
나는 인제 머지않아 하나님 나라로 간다.
그래서 네게 마지막 부탁을 하는 것이니
아비의 말에 따라 주기를 바란다.
내 전재산은 모두 충성스러운 노예에게
주기로 했다. 다만 너는 내 재산 중에서
네가 원하는 한 가지만을 갖기 바란다."

아들에게 주는 유서를 다 쓴 아버지는 얼마 지나지 않아
세상을 떠났다.

유서를 보고, 하루 아침에 전재산을 차지하게 된 노예는
너무 기뻐서 어쩔 줄 몰라했다.

'아, 인제 이 모든 재산은 다 내 것이다.
그러니 이전보다도 더 철저히 간수를
잘 해야지.'

노예는 자기가 물려받은 재산을 알뜰살뜰히 돌아보고
살피고 간수했다.
그리고는 한 달음에 예루살렘으로 뛰어가서 아들에게
유서를 넘겨 주었다.
아버지의 유서를 받아 본 아들은 몹시 슬퍼했다.
그리고 아버지의 장례가 끝나자 다시 한 번 유서의 내용을
꼼꼼히 살펴보았다.

'정말 이상한 일이다. 왜 아버지는
자식인 내겐 단 한 푼의 재산도
남기지 않고 모두 노예에게 주신 것일까?
나는 한 번도 아버지의 말씀을
거역한 적이 없는데……?'

아무리 생각해도 아들은 아버지의 유서 내용을 이해할 수가 없었다.
그래서 그 마을에 사는 지혜로운 랍비를 찾아갔다.

"랍비님, 아버지께서는 왜
이런 유서를 남기셨을까요?
너무 편찮으신 나머지
판단력을 잃으셨던 게 아닐까요?"

아들의 말을 들은 랍비는 고개를 저으며 말했다.

"아니다, 아버지는 너를 누구보다
사랑하셨다. 그리고 대단히 지혜로운
분이셨지. 이 유서를 보면 아버님의 소망이
무엇인지 알 수 있지 않느냐?"

그러나 아들은 랍비의 말도 잘 이해되지 않았다.

"아닙니다, 아무래도 아버지는
저보다 노예를 더 사랑하셨나 봅니다.

저를 사랑하셨다면 왜 모든 재산을
다 노예에게 남기셨겠습니까?"

아들은 서운해 못 견디겠다는 듯이 말했다.

"잘 생각해 보아라.
그러면 아버지가 얼마나 훌륭한
유산을 남겼는지 알 수 있을 게다."

그러나, 아들은 아무리 생각해 봐도 유서의 뜻이 깨달아지지
않았다.

"랍비님, 도와 주십시오.
저로서는 아무리 생각해도
모르겠습니다."

"그렇다면 할 수 없군, 내가 설명해 줄 수밖에.
아버님이 돌아가실 때, 아들인 네가
그 자리에 없었기 때문에 그냥 죽으면
영리한 노예가 재산을 가지고 도망치거나

다 써 버릴 거라고 생각하셨단다.
그리고 네게 당신의 죽음조차
알리지 않을까 걱정이 되신 거지.
그래서 전재산을 노예에게 준다고
하신 것이다. 그러면 노예는 기뻐서
빨리 너를 만나러 갈 것이고,
또 재산도 자기 것이 되었으니까
더 소중히 간직할 게 아니냐?
그리고 너는 그 재산 중에서
하나만 가지면 되는 것이고 말이다."

"그런들 그게 무슨 소용입니까?
재산을 모두 노예에게 주라고 쓰셨는데요."

"허허, 너는 아직 어려서 지혜가 모자라는구나.
노예의 재산은 모두 주인의 것이라는 걸 모르는가?
너의 아버님이 하나만 네게 준다고 하셨는데,
그 하나가 뭐겠는가? 네가 노예를 선택하면
그 재산은 누구의 것이 되겠는가?
아버지의 깊은 사랑과 배려를

아직도 모르겠느냐?"

"아, 아버지!"

아들은 그제야 유서의 깊은 뜻을 깨달을 수 있었다.
오직 하나만 선택하라는 것은 바로 노예를 선택하라는 뜻이었다.
랍비의 말을 들은 아들은 아버지의 재산 중에서 오직 하나, 노예를 선택함으로써 아버지의 재산도 모두 차지하게 되었다. 그리고는 노예를 해방시켜 주었다.

그 후부터 아들은 입버릇처럼,
'젊은 사람은 결코 나이 많은 사람의 지혜에는 따르지 못한다.' 고 하면서 어른을 한층 더 존경했다.

………………

아버지의 아들에 대한 깊은 배려(配慮)가 느껴지는 감동적인 이야기이다.
아직은 어려서 재산을 지킬 수 없는 아들을 위한 아버지의 사랑을 느낄 수 있다.
아무리 위급한 상황에 처해서도 지혜롭게 행동하면 좋은 결과(結果)를 가져오게 된다.

담는 그릇이 다르기 때문에

매우 총명하고 학문이 뛰어난 랍비가 있었다.
이 랍비는 어느 날 로마 황제의 공주를 만나게 되었다.
공주는 랍비에게 온갖 어려운 질문을 했지만 랍비는 무슨 질문이든 막힘없이 다 대답하였다.
그러자 공주가 랍비를 조롱했다.

"그토록 총명한 지혜가, 어쩌면
저다지도 볼품없이 못생긴
그릇에 들어 있을까?"

공주의 조롱을 듣자 랍비가 웃으며 물었다.

"공주님, 이 왕궁 안에서는
술을 보통 어디에 담아 둡니까?

어떤 그릇에다 담아 두지요?"

"그거야 뭐, 술은 보통 항아리나
주전자에 담아 두지요."

공주의 대답을 들은 랍비는 깜짝 놀라면서 소리쳤다.

"어찌 그렇게 하십니까?
로마의 공주님처럼 훌륭하신 분이
금그릇이나 은그릇도 많을 텐데,
왜 그런 보잘것 없는 그릇에
술을 담아 두십니까?"

"네? 그, 그런가요?"

랍비의 말을 들은 공주는 곧 항아리에 담겨 있던 술을
모두 금그릇이나 은그릇에 옮겨 담았다.
그러자 시간이 지나면서 술맛이 모조리 나쁘게 변해서
먹을 수조차 없게 되었다.
며칠 후 술맛이 변한 걸 안 황제는 바락 화를 내며 소리쳤다.

"대체 어떤 놈이 이런
그릇에다 술을 담았느냐?"

공주는 당황하여 황급히 용서를 빌었다.

"잘못했습니다, 황제께서 드시는
술은 금그릇이나 은그릇에 담아야
될 것 같아서 그랬습니다."

화가 잔뜩 난 공주는 그 길로 추한 얼굴의 랍비를 찾아가서
화를 내며 말했다.

"이봐요, 당신은 어쩌자고
술을 금그릇이나 은그릇에
담으라고 했나요?"

랍비는 공주의 발끈하는 태도에도 조금도 놀라지 않으며,

"공주님, 저는 공주님에게
아무리 훌륭한 것이라 해도

때로는 보잘것 없는 그릇에
넣어 두는 것이 더 좋을 수도 있다는 걸
알려 드리고 싶었을 뿐입니다.
이제 그걸 아시지 않으셨습니까?"

이렇게 태연히 말했다.

··················

사람은 눈에 보이는 외모(外貌)만 보고 평가할 수는 없다.
얼굴이 잘생기고 좋은 옷을 입었다고 해서 그 사람의 인품(人品)이
훌륭한 것은 아니다.
자신의 겉모습만을 내세우며 으스대고 잘난 체하는 사람일수록
속이 텅 비고 보잘것 없는 경우가 많이 있다.
그래서 유태인들의 격언(格言)에는 이런 말이 있다.
'항아리 속에 동전이 하나만 있을 때는 시끄러운 소리를 내지만,
동전이 가득 찬 항아리는 시끄러운 소리를 내지 않는다.'
우리말에도 이런 말이 있다.
'벼는 익으면 익을수록 고개를 숙인다.'

장님과 등불

캄캄한 밤에 한 사나이가 더듬더듬 걷고 있었다.
그러자 마침 저쪽 편에서 등불을 든 사람이 나타났다.
그런데 그 사람은 앞 못 보는 장님이었다.
사나이는 이상하게 생각되었다.
그래서 큰 소리로 장님에게 물어 보았다.

"여보시오, 당신은 앞 못 보는 장님인데,
왜 등불을 들고 다닙니까?"

그 말에 장님은 별 걸 다 묻는다는 듯이,

"보지도 못하는 내가 등불을 들고
다니는 게 우습소이까?
내가 등불을 들고 걷고 있으면

눈뜬 사람이 내가 오고 있다는
것을 알기 때문이오."

이렇게 태연히 대답했다.
캄캄한 어두운 밤, 아무것도 보이지 않는 길을 걷다 보면
서로 부딪쳐 다칠 수도 있다. 밤길에 등불을 든 장님의
마음, 그것은 스스로 자신을 지키려는 지혜이기도 하다.

....

사람에게는 위험(危險)을 보면 즉시 피해 갈 수 있는 눈이 있다.
그런데 장님은 앞을 볼 수가 없으니 그럴 수가 없다.
그래서 지혜로운 장님은 스스로를 지킬 수 있는 방법을 궁리했다.
자신이 직접 보고 위험을 피할 수 없을 때, 상대방에게 자신의 신분을
눈에 잘 띄게 함으로써 위험에서 벗어나야겠다는 생각이 그것이다.
지혜는 자기는 물론이고 다른 사람들에게도 유익(有益)을 준다.

세 가지의 지혜

예루살렘에 사는 한 사람이 먼 여행을 떠났다.
그는 여러 도시를 방문하는 무리한 여행을 계속하다가
어느 작은 도시에서 그만 몸져눕고 말았다.
그는 자신의 죽음이 가까워진 것을 알고 여관 주인을 불러
말했다.

"나는 곧 죽게 될 것 같소. 그래서,
내가 죽었다는 것을 알면 예루살렘에
있는 아들이 찾아올 텐데,
내 소지품을 모두 아들에게 주시기
바랍니다. 그러나 물건을 내주기 전에
반드시 확인해야 할 일이 있습니다.
내 아들이 세 가지 지혜로운 일을
하지 못하거든 아무것도 주지 마시고

모두 당신이 가지십시오.
나는 여행을 떠나올 때,
아들에게 말해 둔 게 있습니다.
내 유산을 상속받으려면 세 가지
지혜로운 행동을 해야 한다고
말해 두었습니다."

나그네의 말을 들은 여관 주인은,

"알았습니다, 틀림없이 약속을 지키겠습니다."

하고 말했다.
나그네는 여관 주인을 믿고 몸에 지니고 있던 귀중품을
모두 맡겼다.
그리고 며칠 후, 나그네는 눈을 감았다.
유태인의 관습에 따라 여관 주인은 나그네의 장례를
정중하게 잘 치러 주었다.
나그네의 죽음은 마을 사람들에게 널리 알려졌다.
그래서 마을 사람들은, 예루살렘에서 누가 찾아와서
나그네가 어느 여관에서 죽었는지 물어 보면 일체 가르쳐 주지 않기로 했다.

얼마 후, 소식을 듣고 예루살렘에서 나그네의 아들이
이 도시에 왔다.

"예루살렘에서 온 나그네가
어느 집에서 돌아가셨는지 아십니까?"

"오, 난 잘 모르겠소이다."

아들의 물음에 마을 사람들은 미리 약속한 대로 하나같이
모른다고 말했다.
아들은, 어떻게 해야 아버지가 돌아가셨던 집을 찾을 수
있을까 하고 깊이 생각했다.
그 때 마침 아들 옆으로 나무 장수가 장작을 한 짐 지고
지나가고 있었다.

"여보시오, 장작 장수. 나 좀 봅시다."

아들은 나무 장수를 불렀다.

"네, 장작을 사시겠습니까?"

"그렇소, 내가 장작값을 후히
드릴 테니까 이 장작을 예루살렘에서
온 나그네가 돌아가신 여관으로
배달해 주시오."

"알았습니다."

돈을 받은 나무 장수는 거침없이 나그네가 죽은 여관으로
장작을 지고 갔다. 아들은 나무 장수의 뒤를 따라갔다.
나무 장수가 장작을 가져오자 여관 주인은 놀라서 말했다.

"이게 웬 장작이오?
나는 장작을 주문한 일이 없는데요."

"아닙니다, 장작값을 주신 분이
이리로 배달해 달라고 했습니다."

나무 장수가 주인에게 말했다.

그 때 아들이 앞으로 나서며 여관 주인에게 인사를 했다.

"안녕하십니까?
저는 이 여관에서 돌아가신 분의 아들입니다.
아버님의 장례를 정성껏 잘 치러 주셨다니
정말 감사드립니다."

아들은 여관 주인에게 깊이 고개 숙여 감사의 인사를 하였다.

"오, 어서 오시오."

여관 주인은 아들을 반갑게 맞았다.

이것이 아들의 첫번째 지혜로운 일이었다.
여관 주인은 나그네의 아들을 자기 가족의 저녁 식탁으로
초대했다.
요리는 다섯 마리의 비둘기와 한 마리의 닭이었다.
식탁에는 여관 주인과 아내, 두 아들과 두 딸, 그리고
나그네의 아들까지 일곱 사람이 앉았다.

"이 음식은 우리 아내가 당신을
위해 마련한 것입니다. 그러니까
당신이 이 음식을 우리 모두에게
골고루 나누어 주시기 바랍니다."

여관 주인이 아들에게 말했다.

"아닙니다, 저는 손님 아닙니까?
음식은 주인께서 나누시는 게
좋겠습니다."

아들이 사양했다. 그러나 여관 주인은 계속 권했다.

"그렇지 않습니다, 이 음식은 손님을
위해 마련한 것이니까 손님께서 나누시는 게
좋습니다."

너무 사양하는 것도 실례라고 생각한 아들이 의자에서
일어섰다.

"알겠습니다, 제가 꼭 나누어야 한다면,
공평하게 나누어 보겠습니다."

나그네의 아들은 비둘기 요리를 나누기 시작했다.
비둘기 한 마리는 주인 부부에게 주고, 또 한 마리는
두 아들에게 주고, 두 딸에게도 비둘기 한 마리를 주었다.
그리고 남은 두 마리의 비둘기 요리는 자신의 몫으로 남겼다.

이것은 두 번째 지혜로운 일이었다.
그런데 주인 부부와 자녀들은 차츰 불쾌한 안색으로
변해 갔다.

"이번에는 닭 요리도 나누어 주시지요."

여관 주인의 말에 따라 나그네의 아들은 닭 요리도 나누었다.
제일 먼저 닭 머리를 주인 부부에게 나누어 주었다.
닭의 다리는 두 아들에게 하나씩 나누어 주고,
두 딸에게는 닭 날개를 하나씩 나누어 주었다.
그리고 남은 닭의 몸통은 자기 몫으로 남겼다.

이것이 세 번째 지혜로운 행동이었다.
그러자 여관 주인은 더 이상 못 참겠다는 듯 화를 버럭 냈다.

“여보시오, 당신네 예루살렘에서는
음식을 이렇게 나눈단 말이오?
당신이 처음 비둘기를 나눌 때는
애를 써서 참았지만, 닭 요리를
나누는 걸 보니 더 이상 참을 수가 없소.”

“어르신, 왜 그러십니까?
처음부터 나는 음식 분배하는
일을 맡고 싶지 않았습니다.
그렇지만 주인께서 하도 권하시기에
공평하게 나눈 것뿐입니다.”

아들은 태연하게 대답했다.

“공평하다니, 그래 이게 공평한 거요?
어째서 당신은 혼자인데 비둘기를
두 마리나 갖고, 우리 가족은

두 사람 앞에 비둘기 한 마리 꼴이 아니오?
또 우리 부부에게는 닭 머리만 주고
몸통은 당신 혼자서 고스란히 먹겠다니,
그래 이게 어떻게 공평하단 말이오?"

주인은 더욱 큰 소리로 나그네의 아들을 나무랐다.

"아, 그 때문에 화가 나셨습니까?
그건 다 이유가 있습니다."

아들은 비둘기 요리와 닭 요리를 왜 그렇게 나누게 됐는지
자세히 설명해 주었다.

"우리는 모두 일곱 명입니다, 어르신.
그런데 비둘기는 다섯 마리입니다.
공평하게 나누려고 저는 그렇게 한 것이지요.
어르신 내외분이 비둘기 한 마리면 셋이 되고,
아드님 형제와 비둘기 한 마리면 셋이 되죠.
그리고 따님 둘에 비둘기 한 마리, 이것도 셋입니다.
저는 혼자니까 비둘기가 두 마리라야

셋이 되니까 공평하지 않습니까?"

"그렇다면 닭 요리를 그렇게
나눈 것도 이유가 있단 말이오?"

"그렇습니다. 주인 내외분은 이 집안의 어른이시니까
닭의 머리를 드린 겁니다.
그리고 두 아드님은 이 집의 기둥이니까 다리를 드렸고,
두 따님은 머지않아 날개를 활짝 펴고 시집을 가겠지요?
그래서 활활 날 수 있는 날개를 드렸습니다.
그런데 저는 여기 올 때 배를 타고 왔고,
갈 때도 또 닭의 몸통처럼 생긴 배를 타야 되기 때문에
몸통 부분을 갖게 된 것이죠."

나그네 아들의 말을 들은 여관 주인은 활짝 웃으며 고개를
끄덕였다.

"정말 훌륭합니다.
당신은 아버지의 소유물을 차지해도
좋을 만큼 지혜롭군요.

당신이 세 가지 지혜로운 일을 했으니까
당신의 아버지가 맡겨 놓은 물건을
모두 드리지요."

여관 주인은 나그네가 죽기 전에 맡겨 두었던 귀중한 유물을
모두 그 아들에게 넘겨 주었다.

....

지혜가 소중함을 깨우쳐 주는 이야기이다.
지혜는 사람이 어려운 일을 당했을 때 그 어려움을 극복할 수 있는 힘을
준다. 또 가난한 사람을 부자(富者)로도 만들어 주며, 보잘것 없는 위치의
사람에게 높은 직위나 명예(名譽)를 가져다 주기도 한다.
그러나 지혜는 돈으로 살 수 있는 것이 아니다. 지혜를 얻기 위해
꾸준히 생각하고 노력하는 사람에게만 지혜의 샘은 솟아나기 때문이다.

날개를 사용할 줄 모르는 새

하나님이 최초로 새와 짐승을 만들었을 때의 이야기이다.
처음에 새들에게는 깃도 날개도 없었다.
그래서 어느 날, 새들이 모여 의논을 했다.

"정말 걱정이야. 우리 새들은 다른
동물들에 비해 몸집도 작은데다가
빨리 달릴 수도 없는데 어떡하지?"

"맞아, 잡아먹히기 딱 알맞지.
사나운 짐승들이 우릴 잡아먹으려고
맘만 먹으면 우린 꼼짝없이 죽고 말 거야."

말을 하다 말고 새들은 큰 한숨을 내쉬었다. 자신들의
처지가 참으로 처량하게 느껴졌기 때문이다.

"참, 하나님두! 왜 우리
새들만 이렇게 보잘것
없이 만드셨을까?"

"너무 불공평하신 것 같아."

"그럼 우리 이러고 있을 게 아니라
하나님께 가서 따져 보면 어때?"

"그래, 그거 좋은 생각이야.
우리에게도 스스로를 보호할 수 있는
무기를 달라고 하자꾸나."

"좋아, 지금 당장 다 함께 하나님께 가자."

그 길로 새들은 우르르 하나님 앞으로 몰려갔다.

"무슨 일로 이렇게 몰려왔는고?"

하나님이 묻자 새들은 입을 모아, 적으로부터 자신을 지킬 수 있는 좋은 무기를 달라고 요구했다.

"하나님, 뱀은 무서운 독으로
자신을 지킬 수 있구요,
사자는 날카로운 이빨을 가지고 있구요,
말은 빨리 도망칠 수 있는 튼튼한 뒷발이 있습니다.
그러나 우리 새들에게는 무엇이 있나요?
아무것도 없잖아요. 그럼 우리는
어떻게 자신을 지켜야 되나요?"

"저희들은 힘센 짐승들의 먹이가
되어야만 하나요, 하나님?"

"저희들을 불쌍히 여겨 주세요."

새들의 말을 들은 하나님은 고개를 끄덕였다.

"흐음, 말을 듣고 보니,
너희들의 요구가 당연하구나.
내가 생각이 조금 모자랐나 보다.

그럼 어떻게 하지?
아, 그래, 내가 너희들에게
아주 멋진 날개를 달아 주마."

하나님은 새들에게 깃과 날개를 만들어 주었다.

"아이 좋아라! 고맙습니다, 하나님."

깃과 날개를 얻은 새들은 좋아서 어쩔 줄 몰라했다.
그러나 얼마 후 새들은 다시 풀이 죽은 채 하나님 앞으로
되돌아와서 이렇게 호소했다.

"하나님, 날개는 아무 쓸모가 없어요.
도리어 질질 끌려 무거운 짐만 될 뿐이에요.
무거운 날개 때문에 몸이 무거워져서
예전처럼 달릴 수조차 없게 되었다구요."

불평에 찬 새들의 넋두리를 듣던 하나님이 한숨을 쉬며
말했다.

"쯧쯧, 이 어리석은 새들아."

하나님의 말에 새들은 눈을 동그랗게 뜨고 하나님을 쳐다보았다.

"너희들은 날개를 어떻게
사용하는지를 모르고 있구나.
날개를 제대로 사용해 볼 생각조차
하지 않았단 말이냐?
내가 너희들에게 두 날개를 준 것은
날개를 지고 다니라는 게 아니다.
날개를 이용해서 하늘 높이
날아가라는 게다.
제아무리 힘센 사자가 덮쳐 와도,
호랑이가 쫓아와도 그들에게서
안전하게 도망칠 수 있도록 하기
위해서 준 것이니라."

"와, 그러셨어요?"

"아, 날개는 하늘을 나는 데
쓰는 것이로구나!"

그 때부터 새들은 날개를 퍼덕이며, 하늘 높이 날아오르는
걸 알게 되었다고 한다.

....

날개를 가지고도 날 수 없는 새의 이야기는 우리에게 큰 교훈을 준다.
귀한 것을 갖고도 그 값어치를 제대로 몰라 그대로 묵혀 두는 경우도
많이 있다.
우리는 날개가 될 수 있는 귀한 재능(才能)이나 소질(素質)을 제대로
활용하지 못한 채 무거운 짐처럼 질질 끌고 있지나 않은지 생각해
봐야겠다.

내 인생을 변화시키는
지혜의 탈무드

엮은이/최송림
펴낸이/이홍식
그림/진동일
발행처/도서출판 지식서관
등록/1990.11.21 제96호
경기도 고양시 덕양구 벽제동 564-4
전화/031)969-9311(대)
팩시밀리/031)969-9313
e-mail/jisiksa@hanmail.net

초판 1쇄 발행일 / 2011년 8월 5일